CORA
La Légende du lac aux mille visages

Casterman
Rue Haute 139
1000 Bruxelles
Belgique

www.casterman.com

ISBN : 978-2-203-22264-9
N° d'édition : L.10EJDN002481.N001

Composition et mise en pages
Nord Compo à Villeneuve-d'Ascq

Achevé d'imprimer en avril 2022, en Espagne, par Liberdúplex
(Carretera BV-2249 Km. 7,4, Polígono Industrial Torrentfondo,
08791 Sant Llorenç d'Hortons, Barcelone, Espagne).
Dépôt légal : mai 2022 ; D.2022/0053/64
Déposé au ministère de la Justice, Paris (loi n° 49.956 du 16 juillet 1949 sur les publications destinées à la jeunesse).

PEFC PEFC/14-38-00302

Jeremy Behm

CORA

La Légende du lac aux mille visages

casterman

À ma fleur de Lotus, qui m'a offert
le plus beau des trésors. Je t'aime.

1

L'EMBUSCADE

— Plus vite, Rayo ! Allez, plus vite, mon tout beau ! Tu en es capable, je le sais. Aucun cheval n'est plus rapide que toi.

Le conducteur du chariot bâché fit claquer ses rênes, et son animal redoubla de vigueur. Dans le ciel nocturne, l'orage illuminait les nuages, éclairant par intermittence le chemin de montagne sinueux de la Sierra Madre sur lequel ils s'étaient engagés une heure plus tôt.

À l'arrière du chariot, Corazón leva de grands yeux noirs affolés vers sa mère, María.

— Qu'est-ce qui se passe, mamá ? Pourquoi on va si vite ?

— Ce n'est rien, mi querida[1] ! Papá veut atteindre la maison avant que l'orage soit sur nous, ne t'inquiète pas.

Pourtant, Corazón s'inquiétait, car les mains tremblantes de sa mère et ses yeux brillants n'auguraient rien de bon. Mamá faisait de son mieux pour rassurer ses filles, en vain.

Et quand, au-delà du souffle du vent, la fillette perçut les cris et les coups de feu, elle comprit que leur chariot était la cible d'une attaque.

— J'ai peur, mamá ! souffla sa petite sœur Belleza, agrippée au tissu de la robe de sa mère.

— Ne t'inquiète pas, répéta María avant de s'adresser à son mari. Héctor ! Pourquoi est-ce qu'ils s'en prennent à nous ?

1. « Ma chérie » en espagnol (NdlA).

— Je… je ne sais pas, haleta le conducteur en continuant à faire claquer ses rênes. Nous n'avons rien qui pourrait les intéresser ; mais cela, ils l'ignorent. Ils n'ont vu qu'un chariot isolé sur la route, et ça a suffi à les attirer, comme des vautours sur une charogne.

— Nous pourrions peut-être nous arrêter et le leur expliquer ?

— Certainement pas, María. Les pourparlers n'ont jamais été le fort de ce genre d'individus. Nous atteindrons bientôt la ville d'Esperanza. Une fois là-bas, ils ne pourront plus nous barrer la r…

Il ne termina pas sa phrase. À ce moment-là, la roue arrière droite du véhicule buta contre une grosse pierre. Sous le choc, elle se brisa en plusieurs morceaux. L'essieu gainé de métal fit des étincelles et le chariot pencha vers la droite, où se trouvait le précipice.

Rayo hennit, l'écume aux lèvres, et essaya tant bien que mal de maintenir la cadence. Pourtant, malgré les encouragements d'Héctor, il n'en fut pas capable. Et ce qui devait arriver arriva.

À l'intérieur du chariot, Corazón ne comprit pas tout de suite ce qui se passait. Elle vit la grande malle se soulever et s'ouvrir, répandre leurs vêtements dans l'habitacle, la cafetière tournoyer, les ustensiles de cuisine s'entrechoquer, les verres des lampes exploser...

Soudain, il n'y eut plus ni haut ni bas, ni gauche ni droite, rien qu'une spirale d'objets qui voltigeaient, tous plus dangereux les uns que les autres. La jeune fille réalisa qu'ils avaient définitivement quitté la route.

Elle fut arrachée à sa mère alors que Belleza lui tombait dessus. Par réflexe, Corazón referma ses bras autour de sa petite sœur et la serra très fort. Quelques secondes plus tard, le chariot percuta le sol pentu.

La toile se déchira et s'envola au loin, les arceaux de métal se tordirent, le bois craqua... Corazón heurta brutalement le sol. Son épaule céda sous la violence du choc. Malgré tout, elle continua à faire rempart de son corps, et pas une seule seconde durant la chute elle ne lâcha sa cadette.

Pas même quand les objets se mirent à la frapper de toutes parts ; pas même quand le coin de la malle la cogna au visage et la plongea dans l'obscurité.

Le chariot poursuivit sa course folle sur plusieurs dizaines de mètres. Puis un gros rocher le stoppa, et ce qui restait du véhicule acheva de se disloquer. Pendant quelques secondes, plus rien ne bougea. On n'entendait que le halètement de Rayo, dont l'échine s'était brisée durant l'accident.

Enfin, la pauvre bête se tut et rendit l'âme tandis que l'orage grondait et que les premières gouttes de pluie tombaient du ciel. Les assaillants atteignirent l'endroit où le chariot avait quitté la route. Ils stoppèrent leurs chevaux et entamèrent prudemment la descente jusqu'au véhicule détruit.

Ce fut la voix grinçante de leur chef, aussi douloureuse pour les oreilles que les dents d'une fourchette crissant sur un tableau noir, qui permit à Corazón de reprendre connaissance.

— Alors, Pablo… Il y a des survivants ?

— Je ne sais pas, Loxo, répondit une voix plutôt jeune. Après une telle chute, ce serait un miracle.

Corazón entrouvrit les yeux, du moins celui qui n'était pas gonflé. Bon sang, ce qu'elle avait mal ! Son corps, particulièrement son visage, n'était plus qu'une gigantesque douleur lancinante. Mais elle s'en soucierait plus tard. Elle devait rester vigilante, prête à s'enfuir si la situation l'exigeait.

Dissimulée par la grosse malle éventrée, elle réussit à apercevoir les hommes qui fouillaient les décombres. Celui qui venait de parler, le plus proche d'elle, était un jeune garçon aux yeux noisette et à la peau mate, pas beaucoup plus âgé qu'elle, qui contemplait les dégâts, l'air désolé.

— Qu'en est-il du butin ? reprit l'autre voix.

— Il n'y a rien, jefe[1] ! répondit un troisième. Ce ne sont que des paysans.

Depuis le sommet, leur supérieur poussa une exclamation de colère avant de les rejoindre. À présent, la pluie tombait dru et les éclairs déchiraient le ciel.

1. « Chef » en espagnol (NdlA).

— Bande d'imbéciles ! Même les plus misérables cachent quelque chose : une broche issue d'un héritage familial, un bas de laine plein de pesos… Il faut simplement les faire parler. Trouvez-les !

Les hommes se remirent à chercher, et il ne s'écoula qu'une minute avant qu'une quinte de toux leur indique l'endroit où se trouvait María. La pauvre femme, éjectée du chariot à mi-pente, avait atterri dans un gros bosquet d'argémones. Les côtes brisées, elle ne pouvait plus bouger.

Depuis sa cachette, Corazón vit le chef des brigands s'approcher d'elle. C'était un homme grand et maigre vêtu de noir, avec un foulard rouge vif noué autour du cou. Ses magnifiques cheveux sombres lissés avec soin tombaient en cascade sur ses épaules.

Son visage aux traits émaciés avait la couleur d'un parchemin jauni et un bouc fin et pointu entourait sa bouche. Dans ses yeux brillait la lueur fiévreuse du crotale juste avant de frapper sa proie.

Cela ne rassura pas la jeune fille, pas plus que sa sœur Belleza qui, désormais réveillée, tressaillit entre ses bras. Le chef se pencha vers leur mère.

— Pobrecita[1] ! Vous êtes dans un sale état... Mes hommes et moi pourrions vous trouver un médecin pour vous soigner. Mais, en échange, il faudra me donner quelque chose.

— Je... je sais qui vous êtes... haleta María en se redressant sur un coude.

— Ah oui ?

— Nous avons vu... votre avis de recherche. Agressions, kidnappings, vols à main armée, meurtres... Vous êtes Loxo Sceles... « L'Araignée » !

— Pour vous servir ! sourit l'autre en s'inclinant. Je suis flatté que ma réputation me précède. Vous savez donc ce que je veux.

— Or... bijoux... bibelots de valeur, soieries... Tout ce que nous ne possédons pas. Nous sommes pauvres... Nous avons fui la terre stérile où nous

1. « Ma pauvre » en espagnol (NdlA).

vivions… dans l'espoir… d'entamer une nouvelle vie ailleurs.

Le brigand soupira et secoua la tête.

— Je l'ai déjà entendue mille fois, cette histoire, femme. Elle ne m'intéresse pas. Ici, au cœur du Mexique sauvage, il n'existe que deux camps : celui des faibles, qui gémissent tels des coyotes affamés au milieu du désert, et celui des forts, les loups qui prennent ce qu'ils veulent, quand ils veulent.

Il porta la main à sa ceinture.

— Puisque tu me connais, tu dois savoir que je ne suis pas quelqu'un de patient. La pluie abîme mes cheveux et j'aimerais en finir. Pour la dernière fois, parle, et révèle-moi ce que tu caches, femme coyote.

— Je suis désolée, dit la mère en le fixant droit dans les yeux. Il n'y a rien ici pour vous…

Le visage du brigand se tordit en un masque de déception. Il soupira.

— Mauvaise réponse.

Brusquement, il fit jaillir de sa ceinture un long poignard à la lame d'argent et au manche de corne noir.

Avec une rapidité stupéfiante, il frappa par deux fois la poitrine de María, un coup à droite, un à gauche. C'était sa signature, la morsure de l'Araignée, qui avait toujours préféré les armes blanches aux armes à feu. Celles-là, il les laissait à ses hommes.

La mère des deux fillettes écarquilla les yeux avant de retomber dans le bosquet d'épineux, silencieuse à jamais. Sous le chariot, Belleza poussa un gémissement ; Corazón plaqua une main sur sa bouche.

Pablo, le garçon qui ne se trouvait qu'à quelques mètres, tourna la tête vers la malle. Les avait-il entendues ? À cet instant, un nouvel éclair illumina la nuit et révéla une petite silhouette qui courait vers l'Araignée, armée d'un pic à viande. L'un des hommes s'écria : « JEFE ! ATTENTION ! » et cela détourna l'attention de Pablo.

Loxo Sceles pivota sur ses jambes et se retrouva devant Héctor. Le pauvre homme, fou de chagrin, leva son arme pour faire payer au brigand le meurtre de son épouse. Mais que pouvait-il face à la dextérité de l'Araignée ?

L'assassin esquiva le coup et le frappa à la carotide. Héctor lâcha son pic, portant la main à sa gorge. Il vacilla, fit un pas, deux... et s'effondra dans les argémones, auprès de sa femme.

— C'est officiel : cette opération est un fiasco, déclara Sceles en essuyant le sang de sa lame sur la chemise du père. Essayez quand même de voir si l'on ne peut pas récupérer de la farine, du sucre, un jambon ou du café. Et si vous trouvez quelqu'un de vivant dans ce chaos, massacrez-le. Vous connaissez la règle : on ne laisse personne en vie.

Dépité, l'Araignée remonta sur la route. Le reste de ses hommes exécuta ses ordres sans enthousiasme, comme Pablo, qui fonça vers le chariot et la malle. Il la dégagea et révéla alors les deux fillettes, terrorisées. Cette fois, tout était fini.

— T'as vu quelque chose, Pablito ? demanda l'un des voleurs.

Corazón prit une grande inspiration, prête à supplier le garçon de les épargner ; Pablo posa un doigt sur ses lèvres.

— Non, répondit-il. Rien qu'un fennec attiré par la nourriture.

— Dans ce cas, faut le descendre. T'as entendu le chef ? « On ne laisse personne en vie. »

Les autres éclatèrent de rire et le garçon fit de même, avant d'adresser un sourire compatissant aux filles.

— Dé-so-lé, articula-t-il.

Pablo poussa la malle au-dessus de leurs têtes et s'arrangea ensuite pour rester près d'elles, veillant à ce qu'aucun des hommes de l'Araignée ne vienne fouiller de ce côté-ci. Finalement, un autre brigand lâcha :

— Je sais pas vous, mais moi, j'ai pas envie d'attraper la mort pour deux saucissons et un morceau de pain. On s'en va.

Pablo frappa doucement sur la malle pour signifier aux petites que c'était presque fini, puis remonta sur le sentier avec le reste de la bande et disparut dans la nuit d'orage.

Les deux fillettes ne quittèrent leur cachette que bien plus tard, quand la pluie et l'orage se furent éloignés et qu'elles furent certaines qu'elles ne couraient plus de danger.

Le soleil qui pointait à l'horizon éclaira bientôt le visage douloureux de Corazón. En l'apercevant, Belleza pâlit.

— Qu'y a-t-il ? demanda sa grande sœur, inquiète.

— Ton visage... Il... il est...

Elle ne put terminer sa phrase et se mit à pleurer. Pour son père, pour sa mère, et pour sa sœur, qui ne serait plus jamais la même.

2

QUELQUES ANNÉES PLUS TARD...

— Cora ! Debout, paresseuse ! Les haricots ne vont pas se cuire tout seuls. Et fais attention à la cuisson des tostadas[1] ; la dernière fois, tu les as carbonisées.

Corazón ouvrit un œil, puis l'autre. En apercevant le soleil depuis la fenêtre de sa chambre, elle réalisa qu'il était haut dans le ciel. Dios ! Elle avait trop dormi.

1. Tortillas de maïs frites dans l'huile (NdlA).

Elle se redressa difficilement, percluse de courbatures, et s'extirpa de son lit en criant à sa sœur qu'elle arrivait. Après avoir enfilé la grande robe de coton brut vert et blanc qu'elle portait la plupart du temps, elle prit son courage à deux mains et se rendit à sa coiffeuse pour brosser ses cheveux noirs broussailleux. Mais alors qu'elle s'asseyait face au miroir, la journée perdit de son éclat.

— Cette fois, murmura-t-elle, je ne te regarderai pas, vilaine sorcière.

Chaque matin, elle se disait la même chose ; chaque matin, elle échouait. Aujourd'hui, promis, elle allait réussir, et sa vie ressemblerait peut-être enfin à celle de n'importe qui.

Elle se saisit de sa brosse et essaya de démêler son épaisse chevelure. Devant elle, le miroir, tentateur, l'appelait. *« Cora ! Cooora !!! Lève les yeux, Cora ! Tu sais bien que tu ne peux pas gagner contre moi. »*

Corazón secoua la tête, le regard obstinément fixé sur le plateau de bois, et continua à faire disparaître les nœuds de ses cheveux. Le miroir ricana.

« La vérité, c'est que tu as besoin de moi, Cora. Chaque matin, tu dois *voir de quoi tu as l'air, comme ces hommes qui ont peur du vide et qui pourtant sont attirés par les précipices. »*

— Tais-toi, grinça Cora. Je ne veux plus t'entendre.

Mais le miroir renchérit de plus belle. *« Et tu sais pourquoi tu en as besoin ? Parce que ça te permet de te rappeler pourquoi ils détournent les yeux. Parce qu'on ne peut pas regarder une fille comme toi de manière naturelle, Cora. Ce n'est pas possible. Au bout d'un moment, tout le monde finit par craquer. Comme toi, Cora... Comme... toi ! »*

Les yeux de Cora s'emplirent de larmes.

— Je t'en supplie, laisse-moi tranquille. Une fois, rien qu'une fois, je voudrais avoir la paix. J'ai besoin d'oublier, même pour quelques heures.

« Tu ne peux pas oublier. On n'oublie jamais un visage comme le tien. Allez, regarde-moi. Je suis le seul qui ne te juge pas. »

Vaincue, Corazón essuya ses larmes et leva les yeux, dans l'espoir de contempler quelque chose de différent. Mais son reflet lui renvoya la même image que d'habitude : celle d'une figure en morceaux, qu'on aurait brisée et recollée à la hâte.

Son arcade sourcilière gauche était creuse, là où la malle l'avait frappée, et sa paupière gonflée cachait son œil, l'empêchant d'y voir clairement. La chute lui avait cassé l'arête du nez en trois morceaux ; celui-ci, tout écrasé, ressemblait à un nez de boxeur. Dans sa bouche, trois de ses dents manquaient à l'appel et, quand elle souriait, ça lui donnait un air bizarre, presque effrayant.

Si on ajoutait à ça sa peau tannée par le grand air, ses mains calleuses et son dos voûté à force de se baisser dans les champs, Corazón s'apparentait à une bête de foire à qui personne, à part Bella, n'adressait la parole, sauf pour lui lancer des ordres ou se moquer d'elle.

Une larme roula le long de sa joue. Le miroir avait gagné, une fois de plus. Le miroir gagnait toujours. Allons, il était temps d'arrêter de se lamenter. Le devoir l'appelait. Ou plutôt, *sa sœur* l'appelait.

— Cora ! Hé, Coraaaaa ! Vas-tu te décider à sortir de ta chambre ?

Cora abandonna le miroir et se rendit dans la cuisine, où Belleza l'attendait de pied ferme, les bras croisés.

— Ah, enfin, ce n'est pas trop tôt ! Je meurs de faim.

Corazón se mit aux fourneaux, tandis que la cadette s'asseyait à table en bâillant. Même en chemise de nuit, les cheveux en bataille et l'air endormi, Bella restait magnifique. De longs cheveux noirs et raides cascadant dans son dos, un teint de porcelaine, de grands yeux en amande et des lèvres pourpres, elle avait l'air d'une sublime œuvre d'art.

Hélas ! sa beauté contrastait avec son sale caractère. Quand Cora lui servit ses œufs au plat et ses haricots en sauce, elle grimaça.

— Les œufs sont baveux. Il y a trop de sauce, ce n'est pas une soupe ! Et le jambon, il est où ? Attention ! Tu es encore en train de faire brûler mes tortillas. Je t'ai prévenue, mais tu n'écoutes jamais rien.

Comme à son habitude, Corazón encaissa les réflexions sans rien dire. Leur vie était assez difficile comme ça, elle n'avait pas envie d'y ajouter de la rancœur. Pourtant, ce matin-là, Belleza réussit à la faire sortir de ses gonds.

— La cuisine de mamá me manque, bougonna celle-ci. Elle, au moins, elle savait me faire plaisir. Pas comme toi.

Cora sentit monter une grosse boule de colère dans sa gorge et lâcha :

— Eh bien, tu n'as qu'à lui demander de cuisiner pour toi. On verra bien si elle te répond.

Tout de suite, elle regretta ses paroles. Trop tard. Le joli visage de Bella se durcit.

— Désolée, murmura Corazón. Je ne voulais pas dire ça...

— Tu es méchante ! s'écria Belleza. Laide et méchante.

— Bella... dit Cora en faisant mine de la prendre dans ses bras.

Sa sœur se dégagea de son emprise.

— Laisse-moi ! s'exclama-t-elle. Je voudrais que tu sois morte, ce jour-là, à la place de mamá et papá. Je te déteste !

Elle se leva et sortit de la pièce en pleurant. Corazón ne chercha pas à la rattraper. Tenter de la consoler ne ferait qu'envenimer les choses. Bella finirait par se calmer d'elle-même, comme d'habitude.

Cora vida le contenu de son assiette dans la poêle, la remit sur la cuisinière puis, le cœur lourd, noua un foulard autour de sa tête et quitta la maison.

Écrasée par la chaleur, elle se rendit à l'hacienda[1] de Don Domingo, l'homme le plus riche d'Esperanza, propriétaire de centaines d'hectares dédiés à la culture du maïs, du blé et de la pomme de terre, ainsi qu'à l'élevage des vaches et des chevaux.

Quand sa sœur et elle étaient arrivées à Esperanza, il était le premier à leur avoir offert du travail – afin, avait-il dit, qu'elles puissent vivre dignement. C'est lui aussi qui leur avait trouvé un logement après que

1. Nom donné aux grandes fermes d'Amérique du Sud (NdlA).

le plus vieux de ses employés avait succombé à une crise cardiaque. Très vite, cependant, Cora avait réalisé que le señor Domingo avait une conception particulière du mot « dignité ».

Dès qu'elle eut franchi le portail de la propriété, il la repéra et courut vers elle aussi rapidement que le permettaient ses jambes grosses comme des jambons fumés.

— Tu es en retard, Cuca ! éructa-t-il en se plantant devant elle, le souffle court. Cela fait déjà deux fois ce mois-ci. Ça commence à devenir une habitude.

— Pardonnez-moi, señor ! fit Cora en baissant les yeux. Nous avons fini tard hier soir. Une des palissades de l'enclos s'est effondrée, les vaches se sont enfuies et il a fallu que...

— Tes excuses ne m'intéressent pas, suffoqua son patron en essuyant son front luisant de sueur avec son grand mouchoir. Encore un retard et je te flanque à la porte pour de bon. Je t'ai ouvert les bras quand personne ne voulait de toi, et c'est comme ça que tu me remercies ? En me faisant perdre de l'argent ?

Tu me brises le cœur, Cuca. File, maintenant. Ma mère a besoin de bras pour l'aider à retourner la terre à la parcelle de maïs.

Il agita frénétiquement le mouchoir devant ses yeux pour lui signifier de décamper, et Corazón poursuivit sa route. « El Cuca[1] »... Domingo l'avait surnommée ainsi quelques jours à peine après l'avoir recrutée.

Elle aurait pu lui dire que c'était humiliant, que ça lui faisait mal chaque fois qu'elle l'entendait, cependant elle ne l'avait pas fait. Cora ne se plaignait jamais. Elle souffrait en silence, seule face à son miroir.

Elle contourna l'hacienda pour récupérer une bêche dans l'appentis et rallia la parcelle de maïs calcinée par le soleil. Depuis sa chaise protégée par une large ombrelle, Doña Salina la regarda arriver, les yeux plissés. Elle but une longue gorgée au goulot de sa gourde et la lui tendit. Avec gratitude, Corazón s'avança mais, alors qu'elle allait s'en saisir, la femme

1. Croque-mitaine mexicain aux grandes dents pointues et aux oreilles poilues. Aussi appelé "El Coco" ou "El Cucuy" (NdlA).

fit disparaître l'outre en cuir dans les replis de sa robe.

— Pas d'eau pour les retardataires, laideron ! grinça-t-elle. Tu boiras à la pause déjeuner. Prends ton poste à la troisième rangée !

La bouche sèche, Cora hocha la tête et s'exécuta. Les autres employés étaient déjà loin ; elle devrait creuser deux fois plus vite qu'eux si elle voulait les rattraper avant midi. Sans quoi, elle en était persuadée, la vieille harpie n'hésiterait pas à la priver de repas.

Corazón essaya de faire fi de son dos en compote et des cloques sur ses mains et donna un premier coup de houe dans la terre dure comme la pierre. Cette journée s'annonçait plus difficile que celle de la veille... et probablement moins que celle du lendemain.

3

UNE SOIRÉE INATTENDUE

Quand Cora quitta la propriété de Domingo à la fin de la journée, elle peinait à tenir sur ses jambes. Combien de temps encore supporterait-elle cette situation ? Si au moins elle avait pu compter sur l'aide de sa sœur pour entretenir la maison ou préparer le dîner... Mais la jeune écervelée se refusait à effectuer la moindre tâche. Depuis petite, elle avait des rêves de princesse et elle agissait comme telle, avec son cortège de caprices et de vanités.

Cora aurait dû se montrer plus ferme avec elle, malheureusement Bella était tout ce qui lui restait. Si leurs disputes la poussaient à partir, elle se retrouverait seule et ça, elle ne pouvait pas l'imaginer. Alors, comme toujours, elle serrait les dents et encaissait.

La tête dans les épaules, Cora allait ouvrir la porte de leur maisonnette, prête à une énième variation de la soupe à la grimace façon Bella, quand elle eut l'heureuse surprise de l'entendre fredonner dans la cuisine.

Cela lui mit du baume au cœur et elle l'écouta une minute, le sourire aux lèvres, avant de se décider à entrer.

— Cora ! s'exclama Belleza en l'apercevant. Je finis de ranger la vaisselle. Va donc enfiler ta plus belle robe. Nous sommes attendues.

— Attendues ? répéta Corazón, un peu déboussolée. Par qui ?

— C'est une surprise. Fais vite. Il serait mal vu d'arriver en retard.

— Bella, je suis vraiment fatiguée. Je ne sais pas si sortir ce soir…

— Vas-y, te dis-je ! la coupa sa sœur. Fais-moi confiance : tu ne vas pas en revenir.

Cora réfléchit. Pour une fois que Belleza était de bonne humeur, elle ne voulait pas tout gâcher en refusant son invitation. Et puis, au moins, elle n'aurait pas à préparer le repas ce soir. Elle soupira.

— Très bien. Donne-moi juste une minute.

— Une minute, c'est tout ce que tu auras. Dépêche-toi !!!

Cora alla faire une rapide toilette avant de chercher dans le placard une robe assez élégante pour assister à une soirée. Elle n'en trouva qu'une, rouge avec des manches bouffantes, que sa sœur lui avait achetée pour son anniversaire… avec les sous gagnés par Corazón. Il n'empêche, ça lui avait fait plaisir.

Elle la passa, osa se regarder dans le miroir. Avec sa jolie robe, elle était un peu plus convenable que d'habitude. Pour une fois, il y avait une chance qu'elle se fonde dans le décor.

— Non, non, non !!! s'écria sa sœur dans son dos. Ça ne va pas du tout ! Il va falloir faire mieux que ça.

Elle tourna autour d'elle pour choisir un angle d'attaque et commença par sa chevelure, qu'elle ramena en arrière pour tenter d'en faire une tresse. Le résultat ne fut pas concluant. On aurait dit qu'un gros serpent velu s'accrochait à la nuque de Cora.

Sa petite sœur leva les yeux au ciel.

— Tes cheveux sont une calamité ! Ils ressemblent à une boule de foin.

— Désolée, s'excusa Corazón. Toutes ces heures de travail sous le soleil les ont rendus secs et cassants.

— On va essayer autre chose, dit sa sœur, qui sortit de la chambre pour revenir une minute plus tard avec un vase rempli de dahlias pourpres et de cosmos mauves.

— Quel bouquet magnifique ! souffla Cora. Où est-ce que tu as eu... ?

Sans lui répondre, Belleza vida l'eau du vase par la fenêtre et récupéra quelques fleurs qu'elle planta dans sa tignasse.

— Bon, c'est un peu mieux. Le maquillage, maintenant. Il faut qu'on arrive à cacher tous ces creux et ces bosses.

Bella la prit par la main et l'amena dans sa propre chambre, où quantité de produits de beauté s'amoncelaient sur la coiffeuse. En moins de temps qu'il n'en faut pour le dire, Corazón se retrouva peinturlurée d'ombre à paupières, de poudre de riz et de baume à lèvres.

Quand elle contempla à nouveau son reflet dans le grand miroir en pied de sa sœur, elle se trouva l'allure d'un payasito[1] grotesque. Bella, elle, parut satisfaite.

— Ça ira comme ça. Allez, viens, il ne faut plus perdre une seconde.

Elle la tira par la manche et Corazón n'eut d'autre choix que de la suivre. À l'extérieur, la nuit tombait, apportant une fraîcheur bienvenue à la ville d'Esperanza. Les gens flânaient dans les rues, heureux de pouvoir respirer.

1. Clown mexicain (NdlA).

Belleza trottinait d'un pas rapide sans lâcher le bras de sa sœur. Tour à tour, elles passèrent devant un restaurant chic, une auberge d'où s'échappaient les notes joyeuses des guitares des mariachis[1] et un théâtre à ciel ouvert. Mais Bella ne s'arrêta pas.

Lorsqu'elles eurent atteint l'entrée de la petite ville et que les lumières se firent rares, Corazón commença à prendre peur. Où sa sœur l'entraînait-elle ?

Soulevant leurs jolies robes pour ne pas les salir, elles quittèrent Esperanza – et bientôt la route principale – pour un simple chemin de terre qui serpentait entre les cactus vers les collines toutes proches, guidées par la seule clarté des étoiles.

Très vite, la mélodie d'un quatuor à cordes vint leur caresser les oreilles. Et tout à coup, alors qu'elles franchissaient une butte, une vive lumière déchira la nuit. Corazón découvrit, au-delà d'un portail doré et d'une allée de graviers flanquée de dizaines de flambeaux, une magnifique villa en pierre rose.

---

1. Musiciens d'un petit orchestre ambulant (NdlA).

C'est de l'intérieur que provenait la douce musique, ainsi que les voix des convives qui, à en juger par le brouhaha, devaient être nombreux.

— Bienvenue à la résidence secondaire d'Ignacio de la Cruz, déclara Belleza en s'engageant dans l'allée avec sa sœur.

— Le gouverneur ? On est chez le gouverneur ? Bella... On ne peut pas...

— Oh si, on peut, je t'assure, dit la cadette. Ce matin, après notre dispute, je me suis rendue en ville avec l'intention de dépenser le plus d'or possible pour me venger.

— Bella... fit Corazón, désolée, mais l'autre l'interrompit.

— Rassure-toi, je n'en ai pas eu le temps. Par un heureux hasard, dans l'échoppe du tisserand, j'ai fait la rencontre de Luis de la Cruz, le fils d'Ignacio. Nous avons sympathisé, parlé longuement et... Tu sais quoi ? Je crois que je lui plais. Il a absolument tenu à me revoir et m'a proposé d'assister à la réception qu'il donnait ce soir. Son père n'est pas là, car il ne vient que rarement ici, en revanche il y a tous ses amis de la haute société ; et surtout... son cousin Carlos.

Elles étaient presque arrivées à la porte de la villa. Corazón sentit sa gorge se nouer et ses jambes devenir flageolantes.

— P... pourquoi dis-tu « surtout » ?

— Eh bien, pour ne rien te cacher, Luis m'a demandé si je ne connaîtrais pas quelqu'un qui pourrait convenir à son cousin et... j'ai sorti ton nom sans réfléchir.

Cette fois, Corazón blêmit franchement, quoique avec toute la poudre de riz qu'elle avait sur le visage, cela ne se remarqua même pas.

— Belleza, non ! dit-elle en s'arrêtant. Je vais m'en aller...

— Dios mío, sœurette ! Tu ne vas quand même pas rester terrée chez toi jusqu'à ta mort. Allez ! j'ai promis à Luis que je t'amènerai avec moi. Tu verras, ce sera merveilleux.

À ce moment, la porte d'entrée s'ouvrit et un domestique en livrée les accueillit.

— Mesdemoiselles, bienvenue à Villa Santa Rosa. Qui dois-je annoncer ?

Derrière lui apparut un jeune homme rondouillard un peu débraillé avec une fine moustache. Par réflexe, Corazón se cacha dans le dos de sa sœur.

— C'est bon, Arturo, je sais qui elles sont, fit le moustachu en rentrant sa chemise dans son pantalon. Vous voici enfin, délicate Belleza. Je commençais à désespérer.

— C'est à cause de Cora, s'empressa de répondre Bella. Elle met toujours des heures à se préparer.

— Entrez, je vous en prie, et mettez-vous à l'aise.

Bella attrapa le poignet de sa sœur et l'entraîna à l'intérieur. La mort dans l'âme, Corazón la suivit. Quand le domestique referma la porte, elle eut l'impression de se retrouver coincée dans une souricière.

4

UN BAISER QUI VAUT DE L'OR

— Mes chers amis, lança Luis à la cantonade alors qu'ils venaient d'atteindre la salle principale, laissez-moi vous présenter Belleza et Corazón d'Esperanza. Ce soir, elles sont mes invitées d'honneur, aussi je vous demanderai d'avoir pour elles autant de considération que pour vos propres sœurs.

Si Corazón avait espéré faire une entrée discrète, c'était raté. Les gens les applaudirent poliment.

Parmi eux, Cora reconnut Don Domingo et sa mamá, qui ne cachèrent pas leur agacement en l'apercevant.

Bella, aux anges, fit la révérence, un grand sourire illuminant son joli minois. Elle semblait comme un poisson dans l'eau parmi ces prestigieux invités.

La réception reprit son cours et l'orchestre se remit à jouer. Luis de la Cruz se tourna vers Cora et lui dit :

— Corazón, c'est bien cela ?

— Ou... oui, balbutia-t-elle en baissant les yeux.

— Votre sœur ne tarit pas d'éloges à votre égard. Si cela ne vous ennuie pas, j'aimerais vous présenter quelqu'un.

Il leva une main et lança d'une voix forte :

— Carlos ! Lâche un peu le buffet et viens par ici, veux-tu ?

Belleza lui donna un coup de coude complice et Cora eut envie de mourir. Malgré tout, au fond d'elle-même, elle éprouvait une pointe d'orgueil à être mise en avant. Qui sait ? Peut-être qu'à la longue, elle finirait par apprécier cette soirée.

Elle attendit encore une seconde et le dénommé Carlos fendit la foule. C'était un jeune homme au physique plus rustique que son cousin, quoique pas dénué de charme. Grand, brun, les épaules larges et la mâchoire carrée, il avait une carrure d'athlète.

En l'apercevant, il haussa ses épais sourcils, puis il se pencha et lui fit un baisemain en snobant carrément Bella.

— Ma dame, murmura-t-il en plongeant ses yeux sombres dans les siens. Je suis enchanté de faire votre connaissance. Carlos de la Cruz, le cousin de Luis. Suis-je bête ! Vous le savez déjà.

Cora inclina la tête, trop troublée pour articuler le moindre son. Elle chercha Belleza du regard, mais voilà que cette chipie s'était éclipsée avec Luis, les laissant seuls tous les deux. Carlos sourit.

— Je sais ce que vous vous dites en ce moment : quel est donc ce guet-apens dans lequel m'a entraînée ma sœur ? Je vais vous faire une confidence : Luis a procédé de même avec moi. Nous sommes piégés, l'un comme l'autre. Mais pas question qu'ils gâchent notre soirée. Nous pourrions même faire en sorte qu'elle devienne mémorable. Désirez-vous un verre ? Une collation ?

— Il... il est vrai que je meurs de faim, avoua Corazón.

— Dans ce cas, suivez-moi.

Carlos la prit par la main et la conduisit jusqu'au buffet, où il lui remplit une généreuse assiette d'enchiladas[1] au bœuf, accompagnées de quesadillas[2] au fromage et d'une verrine de ceviche[3] pour faire bonne mesure. Comment Corazón allait-elle avaler tout ça ? Son ventre qui gargouillait lui certifia que ce ne serait pas un problème.

Son cavalier se fit servir une margarita ; lorsqu'il lui en proposa une, elle déclina et se contenta d'une limonade. Elle n'avait pas envie que l'alcool lui monte à la tête. L'homme n'insista pas et les entraîna à l'écart vers l'une des tables.

---

1. Tortillas garnies de viande et de légumes épicés (NdlA).
2. Même chose, mais avec du fromage fondant (NdlA).
3. Poisson cru mariné (NdlA).

Pendant tout le repas, ils discutèrent. Carlos s'intéressait à elle, il lui posait mille questions, s'attristait de son sort, s'agaçait même du comportement des autres envers elle.

Il lui raconta qu'en tant que neveu du gouverneur, lui aussi avait eu droit à son lot de gens méprisants, qui le jugeaient sans le connaître, ne voyant en lui qu'une sangsue qui profitait de la richesse de son oncle. Corazón appréciait leur échange. Elle aimait sa façon de parler, sa compassion envers elle et… oui, elle devait bien se l'avouer : il commençait à lui plaire.

À peine avait-elle terminé son assiette qu'il se mit debout et tendit sa main pour l'inviter à danser. Un peu gênée, elle finit par accepter. Ils se dirigèrent vers la piste vide pour entamer une valse, s'attirant tous les regards.

Cora s'en fichait. Elle était dans les bras d'un galant homme et, en sa compagnie, elle se sentait protégée du reste du monde. Elle leva les yeux vers lui et il lui sourit. Le volume de la musique augmenta. Elle était fébrile, prête à défaillir.

Carlos dut le percevoir, car il resserra son emprise. Et puis, sans crier gare, il posa ses lèvres sur les siennes. D'abord surprise, Cora choisit de le laisser faire, son cœur chavirant de bonheur. Dios, que se passait-il, ce soir ? Se pouvait-il qu'au bout de tout ce temps, la chance ait enfin tourné ? Elle ferma les yeux et lui rendit son baiser.

Quelque part, une femme poussa une exclamation outrée. Il lui sembla que c'était Doña Salina. Eh bien, tant pis si ça choquait cette vieille bique ! Elle n'allait pas se priver d'être heureuse pour elle. Les secondes s'écoulèrent, le baiser durait, durait... Finalement, leurs lèvres se séparèrent et elle rouvrit les yeux.

Carlos avait toujours l'air ravi. Cependant, quelque chose avait changé. Il n'affichait plus un tendre sourire, plutôt un rictus narquois. Elle allait lui demander si quelque chose n'allait pas quand son cavalier regarda par-dessus son épaule et s'écria en sortant sa montre à gousset de sa poche :

— Hé, cousin ! Qu'est-ce que tu dis de ça ? Une

heure et trente-huit minutes ! Et encore, j'aurais pu faire mieux. Au premier regard, elle était à moi.

Il repoussa la pauvre Corazón, l'abandonnant au milieu de la piste. L'horrible vérité était en train de se faire jour en elle, cette vérité qu'elle aurait dû percevoir depuis le début mais qu'elle avait refusée, trop heureuse de plaire enfin à quelqu'un.

La main tendue, Carlos s'approcha de Luis. L'homme avait l'air furieux.

— C'était trop facile ! grogna-t-il. Avec une telle mocheté, même un chacal estropié aurait eu sa chance.

— Rassure-toi comme tu peux, ricana Carlos. Il n'empêche que notre pari était clair : réussir à obtenir de la fille la plus moche de la ville un véritable baiser d'amour avant deux heures révolues. Tout le monde ici pourra témoigner que c'était le cas. La pauvresse avait des étoiles plein les yeux ; elle se voyait déjà mariée avec moi, avec une portée de marmots plus affreux les uns que les autres.

À ces mots, tous les convives éclatèrent de rire, à

l'exception de Luis, qui sortit une poignée de pesos de sa poche et les balança au pied de son cousin. Ce dernier ne se démonta pas et les ramassa une par une, hilare, avant de disparaître, son forfait accompli.

Désemparée, Corazón chercha sa sœur dans l'assemblée. Elle la trouva près de leur hôte, et son cœur fut brisé une seconde fois quand Bella détourna le regard. Elle n'aurait droit à aucun soutien de sa part.

Luis de la Cruz s'adressa alors à elle, fou de rage.

— Comment pouvais-tu espérer qu'il se passerait quoi que ce soit avec mon cousin ? grogna-t-il. Si encore tu avais la beauté de ta sœur… Mais tu n'as que la peau sur les os et aucune dot pour compenser. Et ce visage… Rien qu'à le regarder, j'en ai la nausée. Va-t'en ! Tu as assez abusé de mon hospitalité.

Don Domingo extirpa son gros ventre de la foule et s'avança vers elle, renchérissant :

— Tu as entendu notre hôte ? Du balai, Cuca !

Les convives commencèrent à scander : « Cuca… Cuca… Va-t'en de là ! Cuca… Cuca… On n'veut pas d'toi ! » Corazón éclata en sanglots, ce qui les fit tous rire davantage. « Quand elle pleure, elle est encore plus vilaine ! » s'exclama un homme. « J'ai connu des guenons plus séduisantes », dit une femme. « Elle ne devrait avoir le droit de sortir de chez elle que pour le Día de Muertos[1] », ajouta un troisième.

C'en était trop pour la pauvre Corazón, qui quitta la villa en courant dans la nuit, avec en tête la sinistre litanie : « Cuca... Cuca... Va-t'en de là ! » Comment avait-elle pu croire que les choses pourraient changer ? Elle devait se faire une raison : elle était affreuse, et tout le monde à Esperanza la verrait toujours comme un monstre. Personne n'arriverait à aller au-delà des apparences.

Perdue dans ses pensées, aveuglée par ses larmes, elle n'aperçut le grand cactus que trop tard et se le prit de plein fouet. Sa robe fut déchiquetée, ses bras et son visage éraflés et elle tomba dans la poussière. À genoux, malheureuse à en mourir, elle maudit Carlos, Luis, l'Araignée, elle maudit même ses parents qui,

1. Célèbre fête mexicaine débutant le 31 octobre. Durant plusieurs jours, les gens honorent leurs défunts, déguisés et maquillés (NdlA).

en choisissant de fuir leur maison, avaient fait de sa vie un enfer.

Puis elle se releva en titubant. Elle ne trouverait jamais le bonheur, ni ici ni ailleurs. En vérité, il n'y avait qu'un moyen de vivre en paix. Pas d'être heureuse, non, mais de pouvoir se lever chaque matin sans crainte d'être jugée, moquée, méprisée. Seulement, pour ça, elle devait faire un choix. Et ce choix passait fatalement par une rupture.

5

LOIN DES HOMMES

« Chère Belleza, c'est avec tristesse que je t'écris ces quelques lignes. Mon cœur est meurtri, cependant ma décision est prise : je pars. Je ne peux plus demeurer ici pour l'instant, c'est au-dessus de mes forces. Je m'en vais là où personne ne pourra poser les yeux sur moi, dans un endroit où je pourrai vivre en paix, loin de tout, loin des hommes.

Ne crois pas que je t'abandonne. Sous mon sommier, tu trouveras un bas de laine. Au fil des ans, j'ai accumulé une certaine somme pour les jours difficiles. Cela te permettra de tenir durant quelques mois, le temps pour toi de voir venir.

Je te souhaite bonne chance dans cette vie et j'espère de tout cœur que tu sauras me pardonner.

Ta sœur qui t'aime, Corazón. »

Blême de rage, Bella relut la lettre de son aînée. Comment avait-elle pu lui faire ça, à elle, sa petite sœur ? Croyait-elle que, pour elle, la vie était plus simple ?

Peu de temps après son départ de Villa Santa Rosa, Luis s'était tourné vers Bella et avait retiré le bras auquel elle s'accrochait avant de l'inviter à partir, elle aussi.

Elle devait comprendre que son invitation ne lui avait été proposée que dans le cadre de ce pari avec son cousin. Certes, c'était une très belle fille, mais elle n'était qu'une paysanne et lui, le fils du gouverneur. Il ne pouvait être vu en sa compagnie. Arturo, le laquais des De la Cruz, l'avait raccompagnée à la porte avant de lui souhaiter bonne nuit.

Belleza, en colère, n'était pas rentrée tout de suite et avait poursuivi la soirée parmi les siens, à l'auberge d'Esperanza, à écouter les mariachis jouer des airs entraînants. Une heure plus tard, pas vraiment réconfortée, elle était retournée chez elle.

C'est là qu'elle avait trouvé la lettre de sa sœur, sur la table de la cuisine. Comment était-ce possible ? Elle s'était précipitée dans sa chambre. Le lit était fait, les placards vidés, le miroir brisé... Aucun doute : Cora était partie.

Bella chiffonna la lettre de son aînée avant de la déchiqueter et d'éparpiller les morceaux de papier aux quatre vents.

— Va au diable, Cuca, hurla-t-elle. Je te déteste ! Je te hais !

Sur ce, elle se saisit des assiettes de la cuisine et commença à les lancer au sol une par une. À la troisième, elle s'arrêta, réalisant que, cette fois, il n'y aurait personne pour ramasser les morceaux. Elle devrait s'en occuper elle-même.

Durant plusieurs jours, Corazón marcha au hasard de contrées de plus en plus reculées, son sac sur les épaules. Elle n'avait pas pris le temps de se changer et portait toujours sa robe de soirée en haillons.

Les rares personnes qu'elle rencontra ne se montrèrent guère plus avenantes que les convives de Santa Rosa. Un couple à qui elle quémanda à manger lui dit d'aller voir ailleurs ; trois gamins malveillants lui jetèrent des cailloux alors qu'elle s'abreuvait à la fontaine d'un village ; elle croisa même deux bandits de grand chemin qui eurent pitié d'elle et la laissèrent repartir.

Cora traversait à présent la Sierra del Carmen, une sinistre chaîne de montagnes grises aux sommets plats où la seule végétation était constituée d'épineux informes et où chaque pierre coupante lui meurtrissait les pieds. Qu'importe, c'était ce qu'il lui fallait :

l'endroit le plus rebutant du monde, là où personne ne venait jamais.

Elle s'enfonça de plus en plus profondément dans les canyons, au-delà des sentiers balisés. Bientôt, alors qu'elle gravissait une pente si escarpée qu'elle l'obligeait à utiliser ses mains pour ne pas chuter, le climat se rafraîchit. La nuit tombait. Corazón trouva une petite plate-forme de roche qui lui procurerait un abri de fortune et chercha de quoi faire du feu. La tâche ne fut pas aisée, mais elle finit par dénicher un vieil arbuste mort dont elle brisa quelques branches.

Elle saisit au fond de son sac ce qui lui restait de provisions et se contenta d'un repas frugal à base de tortillas et de cecina[1]. Puis elle se roula en boule près du feu pour tenter de dormir quelques heures.

Au milieu de la nuit, elle fut réveillée par des grondements sourds. Alarmée, elle se redressa et regarda autour d'elle. Il n'y avait rien. Le feu mourant ne produisait plus qu'une faible lueur. Comme elle

1. Viande séchée (NdlA).

n'entendait rien d'autre que le souffle du vent, elle se dit qu'elle avait dû faire un cauchemar.

Bientôt, le grondement reprit ; un son bas, rauque, effrayant. Corazón bondit sur ses pieds et attrapa son sac. Cette fois, elle vit. Au-delà du feu, plusieurs paires d'yeux brillaient dans le noir. Cora fit tournoyer son sac et s'écria courageusement :

— Allez-vous-en ! Il n'y a rien pour vous ici.

Cela ne marcha pas. Au contraire, ses paroles eurent pour effet d'exciter les créatures. La première d'entre elles, un coyote hirsute et tout pelé, s'avança dans la lumière. Ses côtes saillantes indiquaient qu'il n'avait rien mangé depuis longtemps.

L'animal aboya ; deux de ses congénères vinrent se ranger à ses côtés. La faim dévorante avait eu raison de leurs craintes. Elle devait leur faire comprendre qu'elle n'allait pas se laisser faire ! Elle fit tournoyer son sac et frappa le museau du premier avec. Le coyote glapit et recula d'un pas. Les grondements redoublèrent alors d'intensité et deux nouvelles bêtes apparurent à la lisière du feu.

Cinq !? Ils étaient trop nombreux, elle ne pourrait pas tous les contenir. Cora se saisit d'un brandon incandescent et l'agita pour les éloigner. Les bêtes ne bougèrent pas. Oh, pourquoi n'avait-elle pas emporté davantage de bois ? Si elle…

Sans crier gare, le premier coyote bondit sur elle, tous crocs dehors. Corazón leva son sac comme un bouclier et repoussa son attaque. Sa mâchoire claqua dans le vide et il retomba maladroitement au sol. Le coyote aboya plus fort, et ce fut comme un signal pour les quatre autres, qui foncèrent sur Cora. Cette fois, il était temps d'abandonner le combat.

Corazón fit volte-face et quitta son camp de fortune, laissant son sac. Elle reprit l'ascension de la montagne dans le noir. Derrière elle, elle entendait les halètements de ses poursuivants. Ils ne la lâcheraient pas avant d'avoir goûté à sa chair. Comment allait-elle s'en sortir ?

Tout à coup, elle se retrouva face à un vaste pierrier et, sans réfléchir, elle se jeta dedans. Avec de la chance, cela découragerait ses poursuivants.

Elle s'enfonça dans l'éboulis, se tordant les chevilles, mais continua à avancer.

Les coyotes atteignirent à leur tour la lisière du pierrier et s'arrêtèrent. Un instant, ils l'observèrent se débattre dans les roches en équilibre instable, puis firent demi-tour et disparurent dans la nuit.

Elle n'en revint pas. Était-ce possible ? Avaient-ils vraiment abandonné ? Soulagée, elle fit encore un pas... et les pierres cédèrent sous son poids. Elle partit en arrière, glissant le long de la pente. Elle tenta de se raccrocher à quelque chose, de la terre, une mauvaise herbe, n'importe quoi, hélas ! il n'y avait rien d'autre autour d'elle que ces milliers de roches en mouvement.

Soudain, ce fut le vide. Corazón fut happée par un abîme de ténèbres.

— Socorro[1] !!! cria-t-elle.

Personne ne l'entendit. Durant plusieurs secondes, elle tomba, ce qui signifiait que le ravin était profond

1. « Au secours ! » en espagnol (NdlA).

et que la mort l'attendait en bas. Mais il faut croire qu'un ange veillait sur elle...

Sa chute fut brusquement stoppée par la branche d'un vieux genévrier qui poussait à même l'à-pic. Corazón rebondit sur le feuillage et continua sa descente, qui s'acheva trois mètres plus bas sur une pente sablonneuse. Elle roula encore un moment et finit par s'arrêter sur la berge d'un petit ruisseau.

Choquée, la jeune fille se remit fébrilement debout et vérifia que tout allait bien. Miracle : à part les contusions, elle n'avait rien de cassé. Elle leva les yeux au ciel pour remercier sa bonne étoile. Les étoiles... Où étaient-elles ? Ici, tout au fond de ce ravin perdu, ne régnaient que les ténèbres. Et puis, il y avait autre chose : pas le moindre cri d'animal, pas le moindre bruit, d'ailleurs. Même le ruisseau se faisait discret, désireux de poursuivre son cours au plus vite. Où avait-elle échoué ?

Dans le silence, Corazón entendit comme un froissement de tissu, juste dans son dos. Alarmée, elle se retourna… et reçut un violent coup sur le crâne. Elle s'effondra, et sa dernière vision avant de s'évanouir fut celle de deux pieds aux ongles longs et jaunes.

6

ABUELITA
DE SOUS LA MONTAGNE

Quand Corazón ouvrit les yeux, la première chose qu'elle vit fut une bougie, dont la vive lumière lui donna mal au crâne. Elle se souvint toutefois qu'elle avait d'autres raisons d'avoir la tête en feu. Elle posa une main sur son front meurtri et eut la surprise d'y découvrir un linge humide.

On l'avait installée dans un lit confortable, enveloppée dans d'épaisses couvertures de laine. Quel agresseur l'aurait attaquée avant de prendre soin d'elle ? Cora décida de ne pas attendre pour le savoir.

Elle s'assit et regarda autour d'elle. Les murs de pierre étaient nus. Hormis le lit et la table de nuit, il n'y avait rien dans la petite chambre. En se levant, Corazón dut lutter contre le vertige qui s'emparait d'elle. Une fois que celui-ci fut passé, elle se débarrassa de son linge, saisit la bougie et quitta la pièce.

Le lieu, taillé dans la roche, était dépourvu de la moindre fenêtre et constitué d'une enfilade d'escaliers et de tunnels qui s'enfonçaient dans la montagne. Corazón se mit en quête de la sortie, avançant sans faire de bruit dans les galeries.

Elle croisa ainsi nombre de pièces chargées de babioles poussiéreuses, bibelots, vaisselle, mobilier, coffres, qui tous s'entassaient dans un désordre indescriptible. Cet endroit était vaste, plus qu'elle l'avait imaginé. Malheureusement, c'était aussi un véritable dédale.

Au bout d'une heure à chercher la sortie et à échouer dans des culs-de-sac, Cora se demanda s'il n'y avait pas là une étrange magie à l'œuvre. Elle commençait à désespérer quand, quelque part au fond d'un couloir, elle entendit quelqu'un fredonner. Intriguée, elle suivit le son de la voix, frêle et douce.

Elle finit par apercevoir une lumière qui se reflétait sur les murs et éteignit sa bougie. Une minute plus tard, elle déboucha dans une grande pièce qui constituait une sorte de salon avec une large cheminée à la hotte bombée, ainsi que plusieurs vieux fauteuils aux accoudoirs élimés. Aux murs étaient accrochés des tableaux ronds qui avaient quelque chose de vaguement inquiétant : ils représentaient des visages pâles d'hommes et de femmes aux yeux creux et vides, bouche bée, plongés dans la pénombre.

Corazón se rendit compte que le chant s'était interrompu. Tout à coup, une voix s'éleva du siège à haut dossier situé face au foyer.

— Te voici réveillée, mi hija[1]. Je commençais à me demander si je n'avais pas frappé trop fort. Est-ce que tu te sens bien ?

---

1. « Ma fille » en espagnol (NdlA).

Cora frissonna. Comment avait-elle été repérée ? Elle n'aurait pu se montrer plus discrète. La personne assise dans le fauteuil répondit à sa question avant même qu'elle ait ouvert la bouche.

— Les grattements d'une souris dans le garde-manger, une goutte d'eau qui s'écrase sur la pierre, le froissement d'un rideau agité par le vent... Il règne un tel silence ici que j'entends tout. Quand une jeune fille arpente mes couloirs, c'est un tremblement de terre ! Surtout, ne crains pas de faire du bruit. Cela apporte de la vie à ces pierres froides. Tu es ici chez toi, Corazón, dans la montagne de cette bonne vieille Cihtli... C'est ainsi qu'on me désigne, dans le dialecte des Indiens Nahua. Mais toi, appelle-moi Abuelita.

Le feu flamba plus fort tandis que son hôte se levait de son fauteuil. En l'apercevant, Cora put souffler. En définitive, ce n'était qu'une grand-mère indienne. Le visage ridé comme une pomme flétrie et les lèvres rouges et charnues, elle était vêtue d'une simple robe de laine grise et d'une pelisse blanc et noir dont la capuche était rabattue sur sa tête, ne laissant dépasser de sa chevelure blanche que deux nattes joliment tressées. Quant à ses pieds nus, c'était ceux qu'elle avait vus juste avant de perdre connaissance.

La femme vint lentement jusqu'à elle en s'aidant d'un grand bâton de marche dont le pommeau sculpté représentait deux visages, l'un souriant, l'autre faisant la grimace. Quand elle fut arrivée à sa hauteur, Corazón remarqua ses yeux, blancs et laiteux – des yeux d'aveugle. Dios ! enfin quelqu'un qui ne serait pas dégoûté par ses traits disgracieux.

— Comment connaissez-vous mon nom ? demanda-t-elle, tout en restant sur ses gardes.

— Tu l'as soufflé quand tu étais inconsciente, répondit la vieille en exhibant trois chicots plantés dans ses gencives. Celui-là, et celui de Belleza, de Carlos, de Luis, de Loxo... Ta voix est jeune, pourtant tu sembles avoir rencontré plus de monde au cours de ta vie que moi en une éternité.

— Pour mon plus grand malheur, murmura Cora. Ces personnes ne sont que les affreux maillons de la chaîne qui m'a conduite à l'exil.

— L'exil !? Hum... Viens t'asseoir et me raconter tout ça. Veux-tu un peu de champurrado[1] ? Moi, j'en raffole.

Elle saisit sa main et l'entraîna près du feu. Corazón, fourbue, ne se fit pas prier et s'installa à ses côtés. En lui servant le chocolat parfumé avec dextérité, Abuelita lui dit :

— Tu dois m'excuser de t'avoir rossée. Je n'ai pas pour habitude de recevoir de la visite. Quand tu es tombée du ciel dans un fracas de tous les diables, j'ai cru que tu étais un bandido venu piller ma demeure et j'ai pris les devants. J'espère que le champurrado m'aidera à me faire pardonner. D'habitude, je l'accompagne de churros, mais... je les ai tous mangés. Je suis désolée.

La grand-mère lui adressa une grimace contrite qui fit sourire Corazón. Celle-ci but une gorgée du chocolat. Il était savoureux. Durant un moment, elles

1. Boisson lactée composée de chocolat, de bouillie de semoule de maïs, de sirop de canne et parfois de cannelle et de vanille. (NdlA).

sirotèrent leur boisson en silence. Puis Abuelita lui demanda de lui narrer son histoire.

Cora décida de se confier à elle et lui raconta tout, de la mort tragique de ses parents jusqu'à la soirée à la villa du gouverneur. Pas une fois, cependant, elle n'évoqua son physique. Même quand elle parla de l'épisode avec Carlos, elle prétexta que c'était son rang de paysanne qui avait été sujet à moqueries.

— Pauvre petite, murmura Abuelita. Ta vie est une véritable tragédie. Cela dit, même si ça ne te consolera pas, la mienne n'est guère en reste. Je vis ici depuis si longtemps que j'en ai oublié mes jeunes années. Ce que je sais, c'est que je suis une vieille Nahua isolée, et que cette solitude couplée à mon handicap me pèse davantage chaque jour. Dis-moi, tu ne chercherais pas un travail, par hasard ?

Cora termina son chocolat et se lécha les lèvres, ne sachant que répondre.

— Je n'entends pas te retenir pour toujours, précisa la vieille. Mais si tu consentais à m'aider aux tâches ménagères et à la cuisine, tu ferais ma joie.

Une année, c'est ce que je te propose ; après quoi, tu iras où bon te semble. Je te payerai, bien sûr : pour chaque jour passé ici, tu auras droit à une pièce d'argent. Cela te donnera un coup de pouce pour débuter ta nouvelle vie. Qu'en dis-tu ?

Corazón réfléchit. Elle ignorait où aller, elle était à bout de forces et, dans sa tête, c'était comme si tout le groupe de mariachis d'Esperanza jouait la sérénade. Une petite pause ne serait pas du luxe. Une pièce d'argent par jour, c'était très correct ; elle gagnait moitié moins à l'hacienda de Domingo, et quelque chose lui disait que ce travail-là ne serait pas aussi épuisant.

— Eh bien, pourquoi pas ? répondit-elle enfin, et un sourire éclaira la face ridée d'Abuelita. Seulement, si je dois devenir votre intendante, il faudra que je me familiarise avec votre habitation. Il y a tellement de recoins, je risque de m'y égarer pour toujours.

— Les couloirs sont libres d'aller où bon leur semble, acquiesça la vieille. Cela peut être très perturbant. Mais rassure-toi, quand je leur aurai expliqué que tu es là pour prendre soin d'eux, ils auront à cœur de te mener où tu veux.

Corazón se demanda si Abuelita plaisantait. Son grand âge n'avait-il pas fini par lui faire perdre un peu la tête ? Cependant elle n'eut pas le temps d'y réfléchir davantage, car la vieille Indienne, avec l'énergie d'une fillette de dix ans, bondit sur ses pieds et la força à se lever. Cora ralluma la bougie qu'elle avait posée sur le guéridon près de l'entrée et commença la visite.

En fin de compte, l'habitation ne possédait qu'une douzaine de pièces pour la plupart inoccupées, à l'exception de la salle à manger, de la cuisine et de la chambre d'Abuelita, presque aussi sommaire que celle où elle s'était réveillée. La grand-mère lui indiqua l'emplacement des nombreuses lampes à huile dont elle ne se servait jamais ; Cora pourrait les utiliser à sa guise.

Une fois achevé le tour du propriétaire, la femme emmena Corazón à l'entrée de la montagne et la fit passer sous une arche naturelle qui les mena à l'air libre, où les rayons du soleil couchant éclairaient un ciel rose pourpre. Fatiguée par sa marche, Abuelita s'assit sur l'un des bancs en pierre qui flanquaient l'arche.

Cora, quant à elle, demeura debout au centre de la petite esplanade. La vue était à couper le souffle. À cette hauteur, la vallée encaissée et le ruisseau devant lequel elle avait terminé sa chute lui semblaient nettement plus agréables. Peut-être qu'elle finirait par se plaire, ici.

Elle resta quelques minutes à contempler le paysage, puis se tourna et découvrit que juste au-dessus de l'arche avait été gravé un soleil au sourire jovial dans lequel s'incrustait un croissant de lune à l'air mélancolique. Étrange, comme beaucoup de choses en cet endroit, d'ailleurs.

Abuelita posa son menton poilu sur le pommeau de sa canne.

— Tu es ici chez toi, ma fille. Tu peux aller où tu veux, faire ce que tu veux, prendre ce que tu veux... Je n'ai qu'une seule exigence : surtout, ne t'approche jamais de la Porte du Destin.

— La Porte du Destin ? répéta Corazón.

Le soleil passa la ligne d'horizon. Le monde plongea dans les ténèbres.

— Je vais te montrer, fit la vieille. De toute façon, tôt ou tard, tu aurais fini par tomber dessus.

Elle se leva de son banc et disparut sous l'arche. Intriguée, Cora la suivit. Abuelita traversa les couloirs d'un pas rapide, emmenant Corazón au cœur de la montagne. Au fond d'une grande antichambre se trouvait une énorme porte en pierre ronde de plusieurs mètres de haut, gravée de centaines de motifs géométriques, de spirales et d'escaliers qui formaient un labyrinthe convergeant vers le centre. Là figurait le même symbole que sur le fronton de la montagne, celui de la lune et du soleil.

— Voici la Porte du Destin, commenta la grand-mère tandis que Cora s'en approchait. Depuis des temps immémoriaux, les Nahuas s'en sont vu confier la garde par les dieux. En tant qu'ultime descendante de la tribu, j'ai hérité de cette tâche. C'est le seul endroit de la maison qui t'est interdit.

— Magnifique ! murmura Corazón en tendant sa main pour effleurer les motifs en relief de la porte. Un vrai travail d'orfèvre.

Il lui sembla sentir quelque chose vibrer au bout de ses doigts. Lorsqu'elle ferma les yeux, les vibrations se propagèrent à tout son corps. Bientôt, le bourdonnement se transforma et elle entendit des voix. Leurs paroles n'étaient pas claires, cependant si elle se concentrait assez, peut-être que...

Un coup sec lui fouetta le mollet. Corazón poussa un petit cri de douleur. Quand elle se retourna, elle aperçut Abuelita qui cognait le pommeau de sa canne dans le creux de sa main, les sourcils froncés. Sa capuche paraissait agitée par un vent invisible qui mit Cora mal à l'aise. Enfin, le mouvement cessa et la vieille dit :

— Aujourd'hui, je choisis de t'accorder ma confiance, mi hija. Tu ne devras pas la trahir. Me feras-tu la promesse de ne pas t'approcher de cette porte, et ce, même si la curiosité te dévore tout entière ?

Troublée, Corazón ôta sa main de la dalle. Aussitôt, les voix s'éteignirent.

— Je vous le promets, déclara-t-elle en hochant la tête.

— Parfait. Dans ce cas, je te suggère d'aller te reposer. Quand tu seras rétablie, tu pourras commencer. Je te souhaite une bonne nuit, jeune fille.

Abuelita la salua et s'éloigna dans le couloir. Cora jeta un dernier coup d'œil à la porte. Il aurait été faux de dire qu'elle n'avait pas envie de savoir quels secrets elle renfermait. Mais elle avait fait une promesse et, pour elle, une promesse, c'était sacré.

Elle se détourna donc de la porte en pierre et retourna à sa chambre. Cette fois, elle trouva son chemin du premier coup. Peut-être s'habituait-elle aux passages tortueux de cette demeure ?

En s'endormant ce soir-là, Corazón se fit la réflexion qu'elle ne s'était jamais sentie aussi bien depuis longtemps… et ce, malgré le coup de canne sur la tête.

7

UNE ANNÉE DE SERVICE

Le matin suivant, Corazón s'attela à sa tâche. La sombre bâtisse étant dépourvue de fenêtres, la poussière envahissait tout et il était difficile d'en venir à bout. Mais elle ne baissa pas les bras et se mit en devoir de récurer la maison, une pièce après l'autre.

À huit heures, elle servait le petit déjeuner, puis elle retournait à ses tâches ménagères jusqu'à midi, heure à laquelle elle préparait le déjeuner. Chose incroyable, le garde-manger de la grand-mère était toujours rempli. Quelqu'un devait l'approvisionner depuis le village le plus proche ; elle ne le voyait jamais. Bah ! Tant qu'elles avaient de quoi manger...

L'après-midi, rebelote, balayage, dépoussiérage, rangement, travaux de couture, jusqu'à la tombée du jour où elle attaquait le dîner. Abuelita lui disait souvent de ne pas trop en faire, mais Corazón affirmait qu'elle était heureuse de faire plaisir à sa bienfaitrice et se remettait à son travail en chantant.

Parfois, en passant devant l'immense porte, elle entendait l'étrange bourdonnement qui l'appelait. Dans ces moments, elle n'avait qu'une envie, se jeter sur elle et tout faire pour essayer de l'ouvrir. Alors, elle se rappelait sa promesse et poursuivait son chemin.

Sans qu'elle s'en rende compte, le temps s'écoula. Les jours succédèrent aux jours, les semaines aux semaines... Grâce à Cora, la maison sous la montagne retrouva de sa superbe. Les lampes à huile brillaient maintenant nuit et jour dans chaque pièce et chaque couloir, faisant scintiller l'argenterie et les bibelots, et même les tableaux les plus bizarres en devenaient beaux.

La propriétaire des lieux ne pouvait voir tout cela, bien sûr. Néanmoins, les mélodies de Corazón, la chaleur crépitante du foyer central sans cesse alimenté et son estomac bien rempli lui mettaient du baume au cœur.

Un jour, alors que son intendante était occupée à changer les draps, Abuelita l'interrompit. Cora allait protester, mais un champurrado et des churros servis à la cuisine eurent raison de ses réticences. Le chocolat chaud à la cannelle était la seule chose que continuait à préparer la vieille femme car, malgré ses talents de cuisinière, Corazón était incapable d'égaler cette incroyable saveur.

— Je vous remercie, fit-elle en s'essuyant la bouche une fois dévorés les churros et bu le chocolat, cependant il faut que je retourne au travail. Je dois finir d'arranger les lits, puis lustrer les cuivres. Ce n'est pas parce qu'on ne reçoit personne qu'on ne doit pas s'en charger. Ma mère disait toujours : « Le foyer est un cœur ; si tu l'entretiens, tu entretiens la vie. »

Elle repoussa sa chaise, mais Abuelita lui ordonna :

— Reste là, Corazón ! Nous avons à parler.

La jeune intendante sentit une boule lui nouer l'estomac.

— Qu'y a-t-il ? Ai-je fait quelque chose qui vous aurait déplu ? Le mole poblano[1] de ce midi était un peu trop amer, je l'avoue. La prochaine fois, je...

— Allons, ma fille ! fit Abuelita en tapotant sa main. C'était délicieux, comme toujours. Même aveugle, je peux constater que depuis que je t'ai prise à mon service, mon tour de taille a doublé. Non, Corazón, je n'ai rien à te reprocher, que ce soit pour les repas ou l'entretien de cette maison. Tu es parfaite.

— Ce n'est pas vrai, grand-mère, murmura Cora en effleurant les contours de son visage ingrat. Je suis loin, très loin d'être parfaite.

1. Spécialité culinaire mexicaine à base de poulet, de cacao, de piments et de graines de sésame, entre autres (NdlA).

— En fait, tu as raison, acquiesça Abuelita. Cette façon que tu as de te dénigrer sans cesse est assez agaçante. Toutefois, ce n'est pas de cela que je voulais te parler. Sais-tu combien de temps s'est écoulé depuis ton arrivée ?

— Je l'ignore, dit Corazón. Deux mois et demi, peut-être trois... Pourquoi ?

— Quand on entre sous la montagne, le temps s'arrête. Un jour est une seconde, une semaine une heure... Cela dépend des personnes. En ce qui te concerne, trois cent soixante-cinq jours semblent valoir moins de trois mois. Cela fait un an que tu es à mon service, mi querida. Et tout travail mérite salaire.

Abuelita tira de sous sa chaise un lourd coffret de métal qu'elle posa sur la table. Cora, sous le choc, ne lui accorda même pas un regard. Un an !? Cela faisait déjà un an qu'elle vivait ici ? Impossible. Il lui semblait que c'était hier qu'elle s'était réveillée dans cette chambre. Mais alors... cela voulait-il dire... ?

Elle pâlit.

— Non ! Ne me congédiez pas. Je... je n'ai pas fini ma tâche. En plus, vous l'avez dit, vous avez besoin de compagnie.

— J'étais seule bien avant ton arrivée, ma fille. Je survivrai. Et puis, je ne pourrais pas te payer davantage. Ce sont là toutes mes économies.

— Dans ce cas, je travaillerai gratuitement. De toute façon, je ne veux pas de cet argent. Je vous en supplie... Ne m'abandonnez pas.

En pleurs, elle tomba à genoux et saisit la robe de la vieille.

— Corazón... soupira Abuelita en caressant ses cheveux. Tu ne peux pas rester cachée ici indéfiniment. Ce n'est pas une vie. Le monde est là, il t'attend. Tu es jeune. Parcours-le, fais des rencontres, aime – pleure, oui, peut-être –, mais surtout vis, Corazón ! Vis !

Surmontant ses sanglots, Cora avoua :

— Vous... vous ne savez pas tout sur moi... Quand nous nous sommes rencontrées... il y a... quelque chose que je ne vous ai pas dit.

La vieille posa un doigt sur sa bouche.

— Tu es dans la maison des secrets, mi hija. Ce que tes lèvres ont été incapables de formuler, je l'ai découvert d'une autre façon. Car il se trouve que moi aussi... j'ai un secret.

Les yeux voilés de larmes, Corazón releva la tête alors que la vieille se mettait debout. À la lumière vacillante des lampes, elle ne distinguait qu'une silhouette floue. Cora sécha ses yeux pour tenter d'y voir plus clair et réalisa que la capuche d'Abuelita était soudain agitée de soubresauts. Pire, à présent, elle grognait, grondait, chuintait.

Les flammes des lumières oscillèrent et la vieille Indienne tendit sa main aux ongles longs pour l'aider à se lever. Corazón ne s'en saisit pas.

— Qu'est-ce... qu'est-ce que vous êtes, au juste ? bredouilla-t-elle.

— Je suis celle qui peut changer ta vie. Suis-moi. Ou va-t'en. À toi de choisir.

Elle passa devant elle, semblant presque glisser sur le sol, et la laissa seule. Cora était terrifiée, et elle n'avait qu'une envie : prendre ses jambes à son cou.

Toutefois, ce que lui avait dit la vieille l'intriguait ; elle décida de rester encore un peu.

Elle se releva et quitta la cuisine, abandonnant la cassette sur la table. Guidée par la voix d'Abuelita, qui fredonnait la même mélopée que la première fois qu'elle l'avait rencontrée, elle traversa les couloirs. Naturellement, elle finit par déboucher dans la salle de la grande porte. La grand-mère l'attendait devant.

— Approche, dit-elle avec un signe de main.

Corazón demeura là où elle était.

— Je croyais que je ne devais pas venir ici, murmura-t-elle.

— C'est vrai, cependant tu en as gagné le droit. Écoute. Les entends-tu ?

Cora tendit l'oreille et perçut à nouveau le bourdonnement. Cette fois, les voix se firent plus précises. Au bout d'un moment, elle réussit à comprendre ce qu'elles disaient. C'était un prénom, prononcé encore et encore, à l'infini : le sien. « Corazón... Corazón... Corazón... »

— Durant cette année, poursuivit Abuelita, tu t'es révélée le plus précieux des soutiens pour la vieille femme que je suis. Et malgré la tentation, pas une seule fois tu n'as cherché à découvrir ce qui se trouve derrière la porte, ni même à t'en approcher. Tu es un cœur pur, mi hija. La beauté finit par faner, mais ce que tu as au fond en toi, tu le garderas toute ta vie. Ainsi, la récompense que je m'apprête à t'offrir, tu la mérites.

Elle posa ses mains au centre du symbole, qui rayonna. La porte se mit en mouvement et, dans un bruit de tonnerre, elle roula sur le côté gauche avant de disparaître dans une fente du mur. Abuelita écarta les bras.

— Sois la bienvenue au cœur de ton destin, mon enfant.

Ébahie, Cora oublia ses réticences. Sans s'en rendre compte, elle franchit le seuil de la salle – la plus vaste qu'elle ait vue de sa vie. Celle-ci baignait dans la lumière d'un crépuscule rouge filtrant au travers d'une grande faille au centre du plafond voûté.

Les murs étaient ornés de peintures rupestres gigantesques qui représentaient d'anciennes divinités mayas : Kukulkan, le serpent à plumes dieu de la création, Chaac, le seigneur de la pluie, Buluc Chabtan, celui par qui la guerre arrivait, et bien d'autres qu'elle ne connaissait pas. Tous dansaient une ronde sans fin autour du joyau bleu saphir et vert émeraude de cet endroit incroyable : un lac circulaire qui occupait les deux tiers de la salle.

En apercevant face à elle les marches blanches menant à un promontoire de roche qui s'avançait au-dessus de l'eau, Corazón comprit.

— C'est un puits sacré maya... Un cénote ! J'ignorais qu'il en existait dans ces montagnes.

— Oh, mais notre *dz'onot* est très spécial, fit son hôte en montant les marches jusqu'au sommet. Viens donc te mirer à la surface.

Cora secoua la tête.

— J'ai depuis toujours une relation très compliquée à mon reflet.

— Le puits t'aidera à dépasser cela. Approche. N'aie pas peur.

En soupirant, Corazón gravit à son tour l'escalier et s'agenouilla au-dessus du lac. Comme à chaque fois, elle eut du mal à croiser son regard et garda les yeux fermés quelques secondes. Elle finit tout de même par les ouvrir, et ce qu'elle vit la laissa bouche bée.

8

LE SECRET DU DZ'ONOT

L'eau du cénote, aussi lisse que le tain d'un miroir et d'une pureté cristalline, lui renvoyait l'image de tout son corps avec une précision incroyable. Pourtant, là où aurait dû se trouver son visage, le liquide était trouble.

Intriguée, Corazón s'inclina davantage ; cela n'y changea rien. C'était comme si une goutte d'eau tombait sans arrêt pile à cet endroit. Or il n'y avait pas de ruissellement au plafond, aucune trace d'humidité...

Cora se pencha encore un peu, désireuse de percer ce mystère.

Soudain, elle se sentit poussée vers l'avant. Elle n'entendit le rire d'Abuelita qu'une fraction de seconde avant de chuter dans le puits. Oh, bon sang, qu'elle était naïve !

Comment avait-elle pu croire aux paroles de cette mégère ? À coup sûr, il s'agissait de la Llorona[1], l'infâme sorcière qui hantait les contrées désertiques ; après avoir jadis noyé ses enfants, elle allait maintenant s'occuper d'elle et la damner pour l'éternité.

Corazón n'eut pas le loisir de réfléchir davantage, car elle plongea dans l'eau tête la première. Elle retint sa respiration et se prépara à battre des bras pour revenir à la surface.

Mais encore une fois, rien de ce qu'elle avait prévu ne se produisit. L'eau ne la mouilla pas. Elle se contenta

1. « La Pleureuse », en espagnol, fantôme du folklore mexicain qui cherche ses enfants disparus près des lacs, la nuit, et dont les cris de douleur effrayent ceux qui les entendent (NdlA).

d'émettre un bruit soyeux, comme celui d'un tissu qui se déchire.

— Qu'est-ce que... ? fit Cora en passant de l'autre côté.

Et brusquement, sous ses pieds, il n'y eut plus que le vide, avec un sol qui s'étendait très, très loin en contrebas. Dans moins de trois secondes, elle allait l'atteindre et se briser tous les os du corps et c'en serait fini de la pauvre Corazón. Deux... Elle poussa un cri. Une...

Elle s'arrêta, réalisant qu'elle n'avait pas bougé. Ou plutôt si, à peine. À présent, elle descendait, doucement, aussi légère qu'une plume de colibri. Quel était ce nouveau miracle ?

Au bout de quelques minutes, elle parvint au fond du gouffre, faiblement incurvé. Il faisait sombre, ici, et l'atmosphère était... surnaturelle. Autour d'elle, dans ce monde en bleu et vert, tout ondulait, et ses cheveux comme ses vêtements flottaient librement. C'était comme si elle pouvait se mouvoir et respirer normalement sous l'eau.

Corazón leva les yeux et, au-dessus d'elle, aperçut le plafond liquide. De l'autre côté, on distinguait la silhouette d'Abuelita, debout sur le promontoire.

— Ouvre grand ton cœur et tes oreilles, lui cria-t-elle. Le moment est venu.

— Le moment !? répéta Cora, et des bulles s'échappèrent de sa bouche. Quel moment ? Je... je ne comprends rien à ce qui se passe. Où suis-je ?

— Là où tu dois être, mi querida. Là où tu vas pouvoir choisir. Écoute, Corazón ! Écoute !!!

À cet instant, les voix revinrent l'assaillir. Mais cette fois, il ne s'agissait plus d'un simple bourdonnement. Elles étaient des milliers et parlaient toutes en même temps, semblant provenir des entrailles mêmes de la terre.

Et c'était le cas car, puisque tout ici était le reflet du monde d'au-dessus et qu'elle marchait à présent au plafond, Corazón avait devant ses pieds la fissure qui, là-haut, laissait filtrer la lumière du jour. Sauf que ce qui passait à travers elle, désormais, c'étaient les voix.

Terrassée par le brouhaha, Cora se recroquevilla en boule dans un coin et boucha ses oreilles. Dans la faille, une lumière pâle s'alluma, et il y eut comme un mouvement diffus. Quelque chose se frayait un chemin vers la surface.

Elle regarda autour d'elle, mais elle n'avait aucun endroit où se cacher ; la seule issue se trouvait à au moins vingt mètres de hauteur. Résignée, elle attendit, observant la fissure avec angoisse. Alors, les visages apparurent.

Un, puis deux, puis trois, quatre, cinq, une dizaine, une vingtaine... Il y en avait de toutes sortes, de toutes formes, de toutes les couleurs : des hommes, des femmes, des enfants, des blancs, des noirs, des jaunes, des rouges, des petits, des gros, des ronds, des anguleux... Tous parlaient avec des voix différentes, graves, stridentes, rauques, avec un cheveu sur la langue...

En une seconde, ils envahirent la pièce comme une nuée d'insectes et tapissèrent les murs. Il continuait à en venir toujours plus, encore et encore, et quand ils n'eurent plus de place, ils se mirent à flotter dans le vide, indécis, comme s'ils cherchaient quelque chose. Ils avisèrent Corazón et l'entourèrent avant de gronder d'une même voix qui emportait tout sur son passage : « Choisis-moi ! Choisis-moi ! Choisis-moi ! »

Cora ferma les yeux et gémit. Elle ne pouvait plus respirer, elle avait l'impression d'étouffer. Du dessus lui parvint la voix d'Abuelita, plus puissante que toutes les autres réunies.

— SIIIIIIIIIILEEEEEEEEEEENCE !!!!!!!!!

Les voix se turent instantanément et les visages s'écartèrent de Cora, qui se sentit décoller du sol et rouvrit les yeux. Depuis l'autre monde, la vieille Nahua la fixait en souriant.

— Je suis la Gardienne des Chemins, la Porte des Existences passées et à venir, dit-elle. Et ce que tu as devant toi, mi hija, ce sont les visages de ceux qui ont été ou qui seront. Un jour, ils sont appelés à s'incarner et, quand leur temps est révolu, ils reviennent et repartent pour le grand tout.

— Ce sont des âmes ? demanda Corazón.

— Pas exactement. Une âme t'appartient jusqu'à la fin de ta vie sur cette terre. Elle est immuable. En revanche, ces visages sont ceux que tu vas prendre à un moment précis de ton existence et qui sont déterminés par tes actes et tes paroles : le visage du bonheur, celui de la peine, de la colère… Plus tu t'égares, plus ils sont douloureux à porter. Mais ce n'est pas ton cas, Corazón. Malgré les épreuves, malgré les tempêtes, ton chemin de vie est toujours demeuré exemplaire et c'est pour ça que tu as pu atteindre cette montagne.

» Ce qui m'amène au présent que je désire t'offrir, un cadeau unique : le droit de choisir un visage. Quel que soit celui que tu adopteras, je sais que tu en feras bon usage et que tu ne te noieras jamais dans le miroir de la vanité. Je te laisse trente-trois minutes, pas une de plus. Après quoi il sera trop tard.

Corazón, en apesanteur, tourna sur elle-même et contempla ces figures qui l'observaient sans un mot.

Être fixée par toutes ces paires d'yeux avait quelque chose d'effrayant. En même temps, l'offre d'Abuelita lui donnait le plus agréable des vertiges. Un nouveau visage !? Elle n'osait y croire.

Elle prit de la hauteur pour avoir une vision d'ensemble et chercha parmi les traits féminins ceux qui lui correspondraient le mieux. De jolis contours, évidemment. Elle avait assez souffert de son physique disgracieux.

En revanche, pas de blonde ni de rousse. Elle voulait que le visage reflète une beauté simple, qu'il soit proche d'elle. Pas celui-ci ; ni celui-là... Encore moins celui-là... Lui, il louchait ; lui, il avait une verrue sur le nez... Quant à lui, il était plutôt mignon, mais... Au fond, ce n'était pas elle.

Au fur et à mesure qu'elle faisait le tri, les visages évincés s'en retournaient dans la faille, tristes ou vexés. Petit à petit, la salle se désemplit. Il en restait tellement... Elle aurait pu y passer des jours. Hélas, le temps s'écoulait. Elle replongea dans la mer des visages. Non ; non ; encore non. C'était trop dur !

En haut, Abuelita souffla :

— Tic tac, tic tac... Vingt minutes sont révolues et tu n'es toujours pas décidée. Dépêche-toi, Corazón, dépêche-toi !

— Je fais ce que je peux ! s'exclama Cora. On ne choisit pas un visage comme on choisirait une robe ou une paire de chaussures. C'est... oh, por Dios... C'est un visage !

— Vingt et une minutes ! fit la vieille sans s'émouvoir. Cesse de perdre ton temps, jeune fille, et trouve ce qu'il te faut.

En soupirant, Corazón atterrit au sol – ou au plafond, selon comment on considérait la chose – et leva la tête vers les figures qui restaient à trier. Elles étaient encore des milliers. Elle reprit sa sélection. Mais elle n'arrivait pas à mettre la main sur la perle rare. La mort dans l'âme, elle commençait à se dire qu'elle allait devoir opter pour quelque chose qui ne la satisferait qu'à moitié quand, tout à coup, elle le vit, flottant juste à la lisière de l'eau, comme pressé de rallier le monde des vivants.

Encadré par une longue chevelure brune ondulée, ce visage-là avait de grands yeux noirs de biche, un nez fin et droit, une jolie bouche aux lèvres pleines, une dentition régulière... Il émanait de lui une beauté à la fois simple et discrète, quoique bien réelle. Tout le contraire d'elle.

Son cœur se mit à battre plus vite.

— Je l'ai trouvé ! souffla-t-elle. C'est lui !

Autour d'elle, les visages rejetés, après avoir poussé des exclamations de colère et de frustration, entreprirent de redescendre. Inquiète à l'idée que le visage qu'elle avait choisi emprunte le même chemin qu'eux, Cora prit son envol et fonça vers lui.

Mais le visage n'avait pas l'intention de s'en aller. Souriant, les joues roses de plaisir, il la regardait s'approcher. Corazón s'en saisit avec une extrême délicatesse pour ne pas l'abîmer.

— Et maintenant ? demanda-t-elle. Que faut-il que je f... ?

Les visages avaient rejoint la faille. À cet instant, un puissant flot de lumière en jaillit, la forçant à fermer les yeux. Quand elle les rouvrit, la face du monde avait changé... pour toujours.

9

RETOUR À LA VIE

— Corazón ? Corazón ! Réveille-toi !

Cora reprit ses esprits, allongée sur le promontoire. Un instant, elle se demanda si elle ne s'était pas évanouie, si tout ce qui s'était passé avait bien eu lieu. Elle se mit sur ses genoux et s'approcha du bord, craignant de contempler son reflet dans l'eau. En définitive, celui-ci était incroyablement… normal.

Envolées, les bosses, le nez de travers, les dents cassées. Le visage renvoyé par l'eau du cénote était doux et harmonieux, comme ciselé par un sculpteur des plus habiles.

— J'espérais que tu choisirais ce visage, fit la voix d'Abuelita dans son dos.

— Pourquoi celui-ci en particulier ? souffla Cora sans arriver à lâcher le reflet du regard.

— Tu ne le reconnais pas ? Allons, regarde mieux.

Corazón fronça les sourcils et scruta les traits de la jeune fille dans l'eau. C'est vrai, il lui semblait la connaître ; c'était comme une sœur perdue qui serait revenue à la vie. C'était... C'était...

— M-moi, balbutia Cora. Ce visage, c'est le mien.

— Exact. Il est celui que tu aurais dû posséder si tu n'en avais pas fait don pour protéger ta sœur ce jour-là. Parmi toutes ces apparences, tu as su trouver celle qui te correspondait, sans voler l'identité de quiconque. Tu es une personne rare, mi querida. Ne laisse jamais personne te persuader du contraire.

La main ferme et puissante de la grand-mère la saisit par la taille et la redressa. Corazón la regarda. Maintenant, elle ne la craignait plus. Abuelita, Cithli ou quel que soit son nom était la Gardienne des Chemins, choisie par le monde invisible pour replacer les personnes égarées sur la route de leur destinée. Cora s'inclina et dit simplement :

— Merci.

— Non, merci à toi, pour ta simplicité et ton courage. Tiens, prends ça.

Elle lui tendit la cassette qui scintillait, enveloppée par une brume argentée.

— Double a été ton ardeur dans l'ouvrage. Double sera donc ta paye.

Corazón accepta le coffret, et l'ouvrit. Il débordait de pièces d'argent. Jamais elle n'en avait vu une telle quantité.

— Tu as tout ce qu'il te faut pour rebâtir ton existence, désormais. Il est temps de te rendre à la vie. Mais tu ne devras jamais parler de moi à quiconque, ni de cette montagne, encore moins du puits sacré. Le mystère doit rester intact.

Corazón acquiesça et promit de garder le secret. Cela suffit à Abuelita, qui lui attrapa la main. Et ainsi, elles quittèrent le cénote. Cora retourna dans sa chambre pour récupérer ses affaires et eut la surprise de trouver sur son lit la robe rouge, repassée et sans le moindre accroc. Un dernier cadeau de la part de la vieille Indienne.

Pour lui faire honneur, Corazón s'en revêtit avant de gagner l'entrée. Abuelita l'attendait déjà, assise sur son banc, observant le soleil qui se levait sur la Sierra del Carmen. Sans qu'elle s'en rende compte, une nuit entière était passée.

— Adieu, grand-mère, dit Cora, émue. Je ne vous oublierai jamais.

Elle se pencha et la prit dans ses bras. Abuelita lui donna une petite tape affectueuse dans le dos.

— Adieu, mi hija. Et rappelle-toi : on ne choisit pas de venir ici. C'est le destin qui nous y convie.

Elle ouvrit ses bras et lui rendit sa liberté. Corazón mit son sac sur l'épaule et progressa jusqu'à l'extrémité de l'esplanade. Toutefois, avant de s'engager sur le chemin qui descendait vers la vallée, elle ne put s'empêcher de se retourner.

La vieille Nahua avait déjà disparu dans la montagne. À présent, il n'y avait plus que le soleil triste et la lune joyeuse au-dessus de l'arche pour la regarder partir. Une minute… Est-ce que leur expression ne s'était pas inversée, depuis la dernière fois ?

Corazón haussa les épaules et reprit sa route. Après ce qu'elle venait de vivre dans le *dz'onot,* plus rien ne l'étonnait.

Elle marcha longtemps, jusqu'à ce qu'elle finisse par retrouver le pierrier qui avait failli lui coûter la vie. Cette fois, elle le traversa avec la plus extrême prudence et tout se passa bien.

Les coyotes non plus ne revinrent pas la harceler. Alors que la nuit tombait, elle aperçut la silhouette de l'un d'entre eux qui la fixait depuis l'un des sommets ; quand il réalisa qu'il était repéré, il s'en fut en jappant. À croire que Corazón était désormais sous la protection de la montagne.

La nuit était totale, à présent, pourtant elle ne s'arrêtait pas. Armée de son bâton de marche, elle continuait sa route. Un pas après l'autre, encore, encore... Le soleil se leva de nouveau, monta au zénith, redescendit, laissa place à la lune, mais Corazón ne s'interrompait toujours pas. Elle profitait parfois d'un ruisseau pour s'abreuver, mangeait quelques biscuits qu'Abuelita avait glissés dans son sac, puis repartait.

Après douze mois cachée dans la montagne, Cora avait hâte de revoir sa petite sœur. Ses crises de colère, ses caprices, sa vanité, tout ça appartenait au passé. Corazón voulait la prendre dans ses bras, lui dire qu'elle l'aimait, et qu'elle serait toujours là pour la protéger. Mais pour ça, il fallait qu'elle atteigne Esperanza. Alors plus vite, encore plus vite !

Plusieurs jours s'écoulèrent et Cora commençait à accuser le coup quand le terrain redevint plat. Lorsqu'elle aperçut sur la route des virevoltants, ces boules de foin errantes, et que les cactus se multiplièrent autour d'elle, elle sut qu'elle n'était plus très loin. Heureuse, elle jeta son bâton de marche dans un fossé et courut, oubliant sa fatigue.

Il était midi passé et elle voyait déjà de la fumée s'élever au loin. Bientôt, elle entendrait les chants des mariachis, les cris des paysans qui tentaient de faire bouger leurs mules... Même les hurlements de Don Domingo sur ses employés lui paraîtraient supportables, en cette radieuse journée. Car aujourd'hui, la vie était belle ! Corazón pressa encore le pas et arriva à l'entrée de la ville.

Brusquement, elle perdit toute euphorie. Aucune musique pour l'accueillir, personne dans les rues... Esperanza était devenue une ville fantôme. Corazón avança dans l'artère principale et découvrit l'origine de la colonne de fumée : elle provenait d'une bâtisse en ruines dont le toit de chaume avait brûlé.

Ce n'était d'ailleurs pas la seule : plusieurs bâtiments avaient été rasés, pour d'autres, il ne restait plus que l'ossature... Que s'était-il passé ? Et... Dios, qu'en était-il de sa propre maison ? De sa sœur ? Inquiète, elle se remit à courir et remonta le reste de la grand-rue.

Elle aurait mieux fait de se montrer plus prudente... Elle venait de tourner à l'angle d'une ruelle quand elle se retrouva presque nez à nez avec un petit homme à la face aplatie, pleine de verrues, et aux yeux globuleux. D'abord surpris, il lui sourit, révélant une rangée de dents noircies par le tabac à chiquer.

— R'gardez un peu c'que l'ciel m'envoie... Tu t'es perdue, ma jolie ? Tu d'vrais pourtant savoir qu'il est interdit de traîner dans les rues toute seule. Va falloir que j'te raccompagne chez le jefe, à Santa Rosa.

— La villa du gouverneur ? Non, ce n'est pas là-bas que je dois aller.

Mais l'homme la saisit par le bras, ne lui laissant guère le choix. Corazón tenta de s'arracher à son emprise ; il lui retourna soudain une gifle d'une telle violence qu'elle vit trente-six chandelles. Ensuite, il désigna le revolver qui pendait à sa ceinture et elle fut contrainte de le suivre.

Ils s'éloignèrent du chemin qui menait à la maison et, durant un moment, longèrent la clôture de la propriété de Domingo. En découvrant les champs du Don, Cora fut témoin d'une horrible vision : des centaines de personnes, surtout des femmes, des enfants et des vieillards, travaillaient la terre à un rythme soutenu, surveillés par des hommes en armes montés sur des chevaux. Si l'un des villageois montrait des signes de faiblesse, le fouet des gardiens sifflait dans les airs, le blessant jusqu'au sang.

— Comment est-ce possible ? murmura-t-elle. Comment une ville entière a-t-elle pu être mise à genoux en si peu de temps ?

— La réponse tient en un nom, ma jolie, ricana l'homme aux yeux globuleux tandis qu'ils quittaient le village et s'engageaient sur le chemin de la villa. Le jefe, Loxo Sceles… L'Araignée.

10

DANS LA TOILE DE L'ARAIGNÉE

Brusquement, nombre d'images issues d'un sombre passé ressurgirent dans l'esprit de Cora : le ciel d'orage, le claquement des sabots, son père cravachant, l'étreinte de sa mère... et puis la chute, la douleur, la peur, et surtout, surtout, Loxo Sceles, le bandit aux cheveux longs... L'Araignée ! L'homme qui avait poignardé sa mère et égorgé son père. Bien sûr... Le responsable de ce chaos ne pouvait être que ce monstre.

Corazón serra les poings si fort que ses jointures blanchirent. Elle aurait dû être littéralement terrifiée à l'idée de le revoir ; mais l'unique sentiment qu'elle éprouvait à présent, c'était de la colère, une colère si brûlante qu'elle lui faisait mal au ventre. Sceles était une blessure qui n'avait jamais vraiment cicatrisé. Peut-être qu'aujourd'hui, il était temps de la soigner pour de bon.

Aussi, quand ils atteignirent la luxueuse villa qui avait précipité son départ l'année précédente, elle pressa le pas.

— Hé hé hé ! ricana l'autre. On dirait qu't'es impatiente de rentrer, finalement. Le jefe fait c't'effet-là aux femmes : d'abord, elles le détestent, ensuite, elles peuvent plus s'passer de lui.

Cora l'ignora et poursuivit son chemin jusqu'au portail doré. Depuis sa dernière visite, le lieu avait perdu de sa superbe. Les mauvaises herbes envahissaient le gazon, les vitres étaient brisées et la porte d'entrée avait été arrachée de ses gonds et pendait de guingois. Les mots « propriété de l'Araignée » étaient gravés au couteau dans le bois massif.

De l'intérieur leur parvenaient des rires gras et la mélodie d'un violon désaccordé. Corazón allait pénétrer dans la demeure quand, soudain, elle l'entendit. Cette voix rauque, grinçante, qu'elle n'avait jamais pu oublier... Celle du maléfique bandit.

— Allez, bufón[1] ! Danse ! Danse !!!

Voyant qu'elle s'était figée, la crapule aux yeux globuleux poussa brutalement Cora dans le dos. À l'intérieur, les dégradations continuaient : les tableaux du gouverneur gisaient au sol, lacérés et piétinés, les plantes en pot étaient desséchées, tous les objets de valeur avaient disparu et il fallait faire attention de ne pas poser le pied sur une bouteille vide et se rompre le cou.

Corazón remonta le couloir jusqu'à la pièce principale. Là, elle découvrit les brigands, vautrés dans des canapés en velours qu'ils avaient rassemblés en cercle, très occupés à bâfrer des ailes de poulet épicées qu'ils jetaient derrière eux une fois les os rongés.

1. « Bouffon, clown » en espagnol (NdlA).

Au milieu, assis sur une chaise haute, jambes croisées et cigarillo au bec, trônait l'Araignée.

Celui-ci avait à peine changé : même bouc pointu, même chevelure longue et brillante parfaitement coiffée, même teint de cadavre... Il avait pillé la garde-robe du gouverneur et portait à présent un élégant boléro avec chemise blanche et pantalon noir cintré. Dans sa ceinture était coincé son poignard fétiche, dont la lame était maculée du sang de sa dernière victime.

Pour le moment, son attention était concentrée sur l'homme au centre du cercle. Nu comme un ver, celui-ci était affublé d'un sombrero bariolé et d'un gros nœud papillon rouge. Comme il était de dos, Corazón ne le reconnut pas tout de suite.

— Je vous en prie... sanglotait-il. L... Laissez-moi partir.

L'Araignée désigna le musicien – à en juger par les horribles sons discordants qui sortaient de son violon, il ne savait pas en jouer.

— La musique ne s'est pas arrêtée, il me semble. Alors, continue de danser. Danse, te dis-je !

Il attrapa son poignard et le lança si fort que la lame s'enfonça quasiment de moitié dans le coûteux parquet, au pied de l'homme nu. Celui-ci poussa un cri d'orfraie et recommença à se dandiner, tandis que les bandits, hilares, lui envoyaient leurs ailes de poulet en le huant.

Une nouvelle fois, le petit bandido pressa Corazón pour qu'elle avance. Elle longea discrètement les murs et, arrivée à la moitié de la pièce, elle distingua enfin le visage de l'homme au sombrero. Son nez était barbouillé de rouge, mais elle le reconnut sans peine : c'était Carlos, le neveu du gouverneur.

Malgré elle, Cora ne put s'empêcher d'éprouver un sentiment de justice, qui fut vite balayé par la pitié. Pauvre homme. Après une telle humiliation, peut-être comprendrait-il mieux ce qu'elle avait ressenti, lors de cette fameuse soirée ?

— Quand... quand mon oncle saura ce que vous m'avez fait, il... il vous tuera ! geignit-il.

Le violon s'arrêta si brutalement que l'archet fit sauter une corde. Tout le monde se tut. L'Araignée écrasa le cigarillo dans un cendrier et déplia sa grande carcasse avant de s'approcher de Carlos.

— Il me tue-ra... ? articula-t-il en ramassant sa lame. Moi... ?

Au fond de la pièce, une voix s'éleva.

— Ignore-le, Loxo. Tu l'as dit : c'est un bouffon. Il n'en vaut pas la peine.

Le bandit leva une main aux doigts squelettiques.

— Tss, tss... Silence ! Continue, Carlos. Tu m'expliquais que le gouverneur allait venir te sauver, c'est ça ?

Le clown se ratatina tandis que l'ombre de l'Araignée l'englobait.

— Je... je... bégaya-t-il.

— Sait-il seulement que tu occupes sa villa en ce moment, mmh ? Je les connais, les gens comme toi, Carlos, attirés par ce qui brille. Des parasites, des cucarachas[1] ! Tu sais tout des allées et venues de la famille, peut-être par le biais de ton stupide cousin

1. « Cafards » en espagnol (NdlA).

ou d'une servante à qui tu auras graissé la patte, et tu profites des trous dans le fromage pour t'y glisser tel un rat.

» Si je le voulais, je pourrais t'éventrer et laisser pourrir ton cadavre au milieu du salon et personne ne se rendrait compte de ta mort avant des mois. La question est : est-ce que je le veux ?

Ses yeux luirent dans la pénombre, tandis qu'un rictus mauvais étirait ses lèvres minces. Carlos, écrasé au sol, était sans voix. L'assemblée retint son souffle. Puis le jefe éclata de rire et releva le clown pathétique par la nuque avant de le secouer comme un prunier.

— Ha ha ha ! Tu verrais ta tête, Carlito ! Détends-toi, mon ami, je ne te tuerai pas aujourd'hui. Ce serait priver mes hommes d'une importante source d'amusement. Demain, peut-être, lorsque tu auras cessé d'être drôle...

Il administra une grande claque sur la tête de sa victime et les autres s'esclaffèrent, conscients que l'orage était passé. Quant à Carlos, s'il avait eu un pantalon, il l'aurait mouillé à coup sûr.

L'Araignée rangea son poignard à sa ceinture. Il allait retourner s'asseoir quand il aperçut enfin les nouveaux arrivants. Il pencha la tête et plissa les yeux.

— Ruben ? Qui est donc cette jolie señorita ?

Timidement, la canaille franchit le cercle des fauteuils et prit la place de Carlos, qui en profita pour aller se cacher derrière une colonne.

— Elle est pas à vous ? demanda le dénommé Ruben.

— Si elle était à moi, crois-moi, je m'en souviendrais, dit l'Araignée en soulevant le menton délicat de Corazón pour mieux l'observer. Dites-moi, jeune demoiselle... Comment se fait-il que je ne vous aie jamais remarquée ?

— J'étais allée rendre visite à mon aïeule, mentit Cora avec aplomb. Sa santé est vacillante, et elle n'y voit plus aussi bien qu'avant. Elle avait besoin de quelqu'un pour s'occuper d'elle. Mais ça va mieux, à présent, et me voilà revenue.

— J'en suis ravi ! sourit Loxo Sceles. Si j'avais su qu'Esperanza était privée de son plus beau bijou, je serais parti à votre recherche depuis longtemps pour tenter de vous faire une cour des plus assidues.

— Oh, vous savez, y a pas b'soin d'cour, jefe ! ricana Ruben. Si vous la voulez, vous z'avez qu'à l'embrasser, et pis c'est tout. Elle a pas son mot à d...

L'Araignée se leva et lui retourna une gifle si violente qu'il tourna deux fois sur lui-même. Comme le jefe avait au moins une bague à chaque doigt, il lui cassa aussi le nez. Ruben, hurlant de douleur, porta la main à son visage pour empêcher le sang de couler.

— Présente tes excuses à cette demoiselle, pendejo[1] ! gronda Sceles. Tout de suite !

— Ex... excusez-moi... fit l'autre d'une voix nasillarde.

— Bien. Et maintenant, hors de ma vue, si tu ne veux pas que je te brise autre chose.

— Oui, m'sieur. Désolé, m'sieur.

Ruben s'en fut en trottinant, maudissant le ciel de lui avoir fait croiser le chemin de la fille en rouge.

1. « Imbécile » en espagnol (NdlA).

L'Araignée l'oublia aussitôt et se concentra sur sa nouvelle proie.

— Pardonnez le manque de tact de cet ignoble crapaud. Je ne sais pas toujours m'entourer de gens bien, hélas.

Puis, haussant la voix :

— Oui, tas de vauriens, c'est bien de vous que je parle.

Les autres se remirent à rire en crachouillant des morceaux de poulet, tandis que Sceles tendait son coude à Cora.

— Venez, laissons-les à leur soirée de débauche. Si vous le permettez, j'aimerais vous faire visiter le domaine. Tout ce que vous voyez ici, querida, et tout ce qui s'étend dans la plaine est désormais la possession de l'Araignée. Et l'Araignée... c'est moi.

Corazón, soulagée par la tournure des événements, s'accrocha à son bras. Ses narines furent brusquement agressées par le parfum musqué de l'huile de rose dont il enduisait ses cheveux pour les rendre encore plus brillants. Et alors qu'elle le suivait dans l'escalier menant à l'étage, un plan commença peu à peu à germer dans son esprit.

Elle remarqua à peine le garde du corps de Sceles lorsqu'il leur emboîta le pas, tant le jeune homme – qui semblait porter le poids du monde sur ses épaules – avait appris à se faire discret devant son maître.

11

CORAZÓN JOUE LE JEU

Commencèrent des jours difficiles pour la pauvre Cora, qui dansait sur le fil du rasoir. Certes, sa stratégie portait ses fruits. Comme Loxo Sceles était sous son charme, elle bénéficiait d'un véritable traitement de faveur de sa part. Il était courtois et charmant et ne s'offusquait même pas quand elle le repoussait alors qu'il essayait de l'embrasser.

Mais combien de temps cela durerait-il ? Combien de temps avant qu'il se lasse de ce petit jeu ? Pour qu'elle puisse retourner la situation à son avantage, il fallait qu'elle trouve le moment où il serait vulnérable ; hélas, ce moment semblait ne jamais devoir arriver.

L'Araignée l'entraînait dans de longues promenades où il lui faisait découvrir les mille et un recoins de la propriété, ses jardins hérissés d'agaves et colorés de bosquets de zinnias et de dahlias, son vignoble chargé de grappes de raisin sucré... le tout surveillé par des hommes armés jusqu'aux dents.

Corazón s'extasiait, gloussait, lui faisait les yeux doux... Et, prenant son mal en patience, elle continuait à rechercher sa sœur, en vain. Où était-elle passée ? Cora n'osait toutefois pas poser la moindre question ; si l'Araignée avait eu vent du lien qui les unissait, Bella et elle, il l'aurait certainement utilisée pour obtenir les faveurs de sa ravissante sœur.

Un soir, pourtant, peut-être pour lui montrer ce qui l'attendait si elle ne finissait pas par se plier à sa volonté, il répondit malgré lui à ses interrogations en l'amenant dans les sous-sols de la Villa Santa Rosa.

Après avoir descendu un escalier de pierre, ils se retrouvèrent dans des caves froides et mal éclairées. C'est là qu'on entreposait le vin du gouverneur, de grands crus hors de prix. Mais l'Araignée avait trouvé une nouvelle fonction à cet endroit lugubre.

Les recoins les plus sombres du lieu abritaient désormais des cellules, occupées par nombre de jeunes femmes en haillons plus belles les unes que les autres, malgré la saleté qui maculait leurs visages.

En les voyant arriver, elles se collèrent aux barreaux et tendirent les mains vers eux, réclamant eau et nourriture. Cora ne put s'empêcher de frissonner. Malgré son apparence raffinée et ses cheveux hydratés à l'huile de rose, Loxo Sceles restait un barbare cruel. Le bandit remarqua son trouble et sourit.

— Laisse-moi te présenter les cinquante-sept merveilles de la province de Coahuila. Je les garde au frais pour éviter que leur peau fane sous le soleil brûlant et elles m'en sont reconnaissantes. N'est-ce pas, les filles ?

De timides « oui » s'élevèrent depuis les cellules. Les pauvresses n'oseraient jamais prendre le risque de contrarier leur bourreau ! L'Araignée fit glisser ses doigts sur les barreaux et récita de mémoire :

— Voici Yolanda, ici, c'est Beatriz, celle-ci, Marisol... Crois-le ou pas, chacune d'entre elles est chère à mon cœur. Voilà pourquoi je tiens à les connaître toutes...

Il haussa soudain la voix :

— Même toi, mon chaton ! Oui, c'est de toi que je parle, assise au fond. Je t'ai pardonnée, tu sais ; allons, viens me voir.

Comme la petite forme recroquevillée au sol derrière les autres ne bougeait pas, Sceles répéta sur un ton qui n'admettait pas de réplique :

— Viens me voir, te dis-je ! Tout de suite.

La fille obtempéra et se leva. Poussant ses compagnes de cellule avec ses frêles épaules, elle approcha des barreaux et fixa l'Araignée droit dans les yeux. Cora ne comprit de qui il s'agissait que lorsque le bandit attrapa ses joues pour les pincer méchamment.

— Et ça, c'est la petite Bella, la plus jeune, mais aussi la plus sauvage. L'autre jour, alors que j'observais sa dentition, elle m'a mordu la main jusqu'au sang. Ha ha ha, je crois que j'aurais pu la tuer ! Heureusement, je me suis abstenu. Cela aurait été vraiment dommage. Elle est si belle...

Corazón ne répondit pas. Sous la saleté et les guenilles, elle reconnaissait enfin le visage de sa sœur. Amaigrie, les traits tirés... vivante. Vivante ! Elle en aurait pleuré. Elle se contint toutefois et demanda d'une voix enrouée :

— À quoi vous servent-elles ?

— Pour l'instant, à rien. Je me contente de les maintenir en vie et d'empêcher que mes hommes les touchent en attendant la visite du marchand d'esclaves, qui devrait arriver dans les prochains jours. Nombreux sont ceux qui, dans ce pays, sont prêts à dépenser des fortunes pour acquérir des filles de cette qualité ; il sera ravi de m'acheter le lot pour un prix plus que correct.

En entendant ses paroles, le sang de Corazón se glaça. Elle venait à peine de retrouver sa petite sœur, et celle-ci était déjà sur le point de lui être arrachée ? Elle devait agir, et vite.

Elle attrapa la main de l'Araignée et la caressa. Puis, quand elle eut réussi à obtenir son attention, elle battit des cils et lui sourit.

— Jusqu'à cet instant, je n'avais pas réalisé qui vous étiez, soupira-t-elle. À présent, je comprends. Vous ne faites pas partie de la meute des coyotes qui gémissent au milieu du désert. Vous, vous êtes un loup : vous prenez ce que vous voulez, quand vous voulez.

Derrière l'épaule de l'Araignée, Corazón vit les yeux de sa sœur s'illuminer. Elle avait reconnu les paroles prononcées par Sceles lors de cette fameuse nuit d'orage. Des paroles qu'à part les bandits, elles n'étaient que deux à avoir entendues : elle et... Oh, Dios ! Était-ce possible ?

Loxo Sceles haussa les sourcils, surpris.

— Oui, c'est ce que je dis toujours. Vous êtes décidément une femme étonnante. (Brusquement, il la saisit par la taille.) Combien de temps encore allez-vous me faire languir, belle étrangère ? Vous me rendez… loco[1] !

Cora se hissa sur la pointe des pieds et lui murmura à l'oreille :

— Cessez de vous torturer, car je suis prête à devenir vôtre.

Ces dernières paroles électrisèrent l'Araignée, qui déclara :

— Pardonnez-moi, mesdames, je vais devoir vous laisser. Il semble qu'au bout de tant d'années de recherches, j'ai enfin trouvé… ma reine. Adios, señoritas ! Vous aussi, un jour, vous ferez le bonheur d'un homme. Et peut-être plus vite que vous le croyez, ha ha ha !

Il attrapa Corazón par le poignet et regagna l'escalier avec elle. Elle eut malgré tout le temps de se retourner et d'adresser un hochement de tête

1. « Fou » en espagnol (NdlA).

rassurant à sa sœur, toujours agrippée aux barreaux. Bella, bouche bée, n'eut aucune réaction. Elle était encore en train d'essayer de comprendre comment la chenille était devenue un papillon.

En pénétrant dans la chambre de Loxo Sceles, Corazón sut que le moment était arrivé, et qu'il n'y en aurait pas d'autre. À la porte, l'Araignée parlait à son jeune garde du corps pour lui dire de ne le déranger sous aucun prétexte, même si la villa était en feu. Pendant ce temps, Cora jeta un œil autour d'elle.

La chambre était l'endroit le plus luxueux de Santa Rosa. On y trouvait quantité d'objets de valeur amassés par l'Araignée : colliers, bracelets, broches, bagues, statues en terre cuite datant de la civilisation aztèque... et, surtout, un gros chandelier en argent pur. Pile ce qu'il lui fallait.

Corazón voulut s'en saisir mais, à cet instant, elle sentit l'entêtante odeur de rose, avant que les grandes mains en forme de tarentule de Sceles se posent sur ses épaules.

— Ah, querida ! Depuis le temps que je t'attends...

Il la força à se tourner et tendit ses lèvres vers elle. Horrifiée, elle le repoussa et courut se réfugier sur le lit. L'Araignée éclata de rire et bondit à son tour sur le sommier.

— Un baiser ! souffla-t-il. Donne-moi juste un baiser, par pitié !

Cora, consciente qu'elle ne pouvait plus se défiler, dit :

— D'accord, j'y consens. Mais avant, vous devez fermer les yeux. Cela n'en sera que plus envoûtant.

— Je suis à vos ordres, señorita !

Quand l'Araignée baissa ses paupières, Cora chercha un objet pour se défendre. Des coussins, un dessus-de-lit brodé, des draps... Rien d'utile, et le chandelier était maintenant trop loin. Les secondes s'écoulaient... C'est alors qu'elle l'aperçut. Elle déglutit. L'opération était risquée, pourtant elle n'avait plus le choix.

Elle posa ses mains sur le torse de Sceles. À travers sa chemise, elle sentait ses côtes saillantes. Le bandit frissonna. Toujours pas assez près ! Elle l'enlaça. Ses mains descendirent encore, atteignirent sa ceinture... Maintenant !

Un tintement métallique retentit. L'Araignée ouvrit les yeux. Trop tard. En une fraction de seconde, Corazón plaqua sur sa gorge la lame de son poignard, cet affreux croc qui avait mordu la chair de ses parents et qu'elle brûlait de jeter au loin. Mais pas tout de suite.

— Que fais-tu, querida ? souffla Sceles. C'est un nouveau jeu, c'est ça ?

— Un jeu, oui, sale monstre ! cracha Cora en appuyant davantage le tranchant de la lame contre sa pomme d'Adam. Un jeu de dupes. Je m'appelle Corazón. Jadis, tu as tué mon père et ma mère. Prépare-toi à mourir.

12

PABLO

Un instant, l'Araignée demeura perplexe. Puis, à la surprise de Corazón, il éclata d'un rire puissant.

— Je suis navré. J'ai tué tellement de monde au cours de ma vie… Je ne me souviens pas du tout de ton papá et de ta mamá. Qui étaient-ils ? Un représentant de la loi et son épouse ? Des commerçants ? Des éleveurs de chevaux ?

— De simples paysans qui avaient quitté leurs terres dans l'espoir de recommencer une vie meilleure.

Tu leur es tombé dessus avec tes hommes dans les montagnes de la Sierra Madre et leur chariot a versé dans le ravin.

Sceles réfléchit encore, puis la mémoire lui revint.

— Ça y est, je me rappelle, maintenant ! Une femme fière, ta mère. Elle n'a pas lâché le moindre cri quand ma dague s'est enfoncée dans sa poitrine. Impressionnant ! En revanche, je n'ai pas souvenir d'une fillette.

— Deux, en vérité. Ma sœur et moi sommes restées cachées jusqu'à votre départ. Si vous nous aviez trouvées, je ne serais pas là aujourd'hui pour témoigner de ces atrocités.

— Cela aurait été dommage, une jolie fille comme t…

Corazón l'empêcha de finir sa phrase. D'un brusque mouvement du bassin, elle les fit pivoter tous les deux et se plaça à califourchon sur le bandit. Durant toute la durée de l'opération, sa dague n'avait pas quitté son cou une seule seconde.

— Silence, maintenant ! siffla-t-elle. Tes flatteries ne me touchent pas. Dans moins d'une minute, tu seras mort. Je te laisse une dernière chance de racheter tes crimes et d'exprimer ton repentir. Cela ne sauvera pas ton existence mais t'évitera peut-être de rejoindre les enfers...

L'Araignée déglutit, sa belle assurance envolée. Ses yeux devinrent humides, sa lèvre inférieure se mit à trembler et il déclara :

— Je ne comprends pas pourquoi j'ai fait ça. Tout petit, déjà, j'arrachais les pattes des scorpions quand je les trouvais cachés dans mes chaussures. Plus grand, je suis passé aux chiens errants, que j'abattais à la carabine. Et ensuite, ensuite... Aah, Corazón, sauras-tu me pardonner ? (Il se redressa sur les coudes malgré la menace du poignard.) Sauras-tu épargner ma vie de misérable pécheur ? Tu n'es pas comme moi. Toi, tu es bonne, compatissante. Surtout, tu es tellement, tellement... faible...

Brusquement, Loxo Sceles retrouva son insupportable sourire. Le cœur de Cora se durcit. Ce crotale était irrécupérable.

— Je suis à ta merci, querida ! Et comme tu peux le constater, je ne regrette rien. Cette vie, je l'ai choisie et, si je devais recommencer, je ferais pareil. Quel homme affreux je suis... Je mérite mille fois la mort. Alors, vas-y, fais ton office. Tranche-moi la gorge. Fais couler le sang. Vas-y, Corazón ! Pense à ta mère ! Pense à ton père ! TUE-MOI, TE DIS-JE !!!

Cora s'était figée. Elle aurait voulu faire glisser la lame affûtée sur sa gorge et en finir une fois pour toutes avec le croque-mitaine qui hantait ses nuits. L'occasion était idéale. Cependant elle réalisa soudain... qu'elle en était incapable.

À la différence de l'Araignée, ce n'était pas une tueuse. Ôter une vie, même celle du pire des hommes, était au-dessus de ses forces. Bien sûr, Loxo Sceles l'avait parfaitement compris...

En la voyant ainsi paralysée, il passa à l'action. Ses mains filèrent jusqu'aux poignets de Cora et se refermèrent sur eux comme deux pièges à ours.

— Dommage, ma jolie, grinça-t-il.

Sur ce, il bloqua son poignet gauche et lui tordit le droit, celui qui tenait l'arme, selon un angle improbable. Un craquement retentit et une douleur insupportable vrilla le bras de Corazón. Elle poussa un cri et laissa choir la dague, que le brigand récupéra aussitôt.

D'un coup de botte, il l'éjecta hors du lit. Cora roula sur le tapis. Loxo Sceles fut sur elle avant qu'elle réussisse à se lever. À présent, il n'y avait plus rien d'élégant, chez l'Araignée. Les yeux fous, les cheveux en bataille, il n'était plus qu'une terrifiante bête sauvage.

— Tu avais toutes les cartes en main, Corazón, soupira-t-il. C'était ton moment, ton heure ! Mais tu as laissé passer ta chance. Dire que je voyais en toi ma reine... La faiblesse dont tu viens de faire preuve m'a terriblement déçu.

Cora plongea son regard dans le sien, espérant y déceler un semblant d'humanité. Cependant elle ne vit rien d'autre que le néant. Elle trouva cela un peu triste. Ce serait donc ça, la morale de cette histoire ? Faire preuve de pitié était-il fatalement puni de mort ?

Une ombre s'étendit soudain au-dessus du bandit.

— Maintenant, ça suffit, Loxo ! Lâche ce couteau.

Cette voix... Elle l'avait entendue quand Sceles avait menacé de tuer Carlos. Et peut-être même avant cela, il y avait longtemps.

L'Araignée souffla, agacé.

— Il me semblait pourtant t'avoir dit que je ne voulais pas...

Le brigand marqua un temps d'arrêt puis releva la tête.

— Un instant ! Est-ce bien le canon de ton arme que je sens entre mes omoplates ? J'espère que c'est une plaisanterie.

— Je n'ai jamais été aussi sérieux. Quelle est la formule, déjà ? Ah oui, ça me revient. « Señor Sceles, en vertu des lois relatives à la truanderie, je revendique le poste de jefe. » Lève-toi, à moins que tu désires mourir dans le déshonneur.

L'Araignée secoua la tête.

— Je savais que ça arriverait. Quand on forme la relève, on s'attend forcément à être provoqué un jour.

Mais… maintenant ? Tu ne pouvais pas choisir un meilleur moment ?

— Je crois au contraire que le moment est idéal. Le couteau, vite !

À regret, Loxo Sceles jeta son poignard à l'autre bout de la pièce, et quand il se releva enfin, Cora découvrit le visage de son sauveur : celui du garde du corps de l'Araignée, un jeune homme brun aux yeux bleu sombre dont les traits juvéniles tranchaient avec ceux des trognes burinées des autres bandits.

— Corazón, laisse-moi te présenter Pablo, marmonna Sceles, un orphelin que j'ai élevé comme mon fils et à qui j'ai tout appris : monter à cheval, manier une arme, voler, piller… Et voilà qu'aujourd'hui, il me poignarde dans le dos. Dois-je être fier de toi, Pablito, ou en colère ? J'hésite encore.

Pablo… Mais oui ! C'était ce garçon qui leur avait évité la mort, ce soir-là. Son pistolet à percussion toujours pointé sur son tuteur, il le contourna et aida Corazón à se redresser.

— Navré, mademoiselle. Vous serez soignée, je vous le promets.

L'Araignée croisa les bras, affichant un sourire ironique.

— Je comprends mieux. Elle te plaît. Tu la convoites depuis l'instant où tu l'as vue pendue à mon bras. Ah, les femmes... Elles sont la faiblesse des hommes, Pablo. Oublie-les si tu veux...

— Tais-toi ! le coupa l'homme de main. Tous tes mots, tous tes actes sont du poison. Oh, Dios, je t'ai vu dire et faire tellement de choses affreuses que je pourrais m'en arracher les yeux. Mais j'ai grandi et, désormais, la coupe est pleine. Allez ! Il est temps de prévenir les gars.

Il désigna la porte avec le canon de son pistolet. L'Araignée lui obéit et quitta la pièce, suivi de Pablo et de Corazón. Tous trois se rendirent au balconnet qui surplombait la salle principale.

En contrebas, la soirée battait son plein : les brigands mangeaient et buvaient plus que de raison, comme ils le faisaient chaque fois que le soleil se couchait. Au milieu d'eux, Carlos jonglait avec des tomates pourries, se les écrasant sur la tête une fois sur deux, avant de recommencer pour leur plus grand plaisir.

— C'est vraiment là ce que tu désires, Pablito ? grinça Sceles. Il n'y aura pas de retour en arrière.

— Ce que je désire, c'est que les choses changent. Et pour ça, il n'y a qu'une solution : appliquer la Ley del Sangre[1].

— Si j'ai tenu aussi longtemps à ce poste, c'est que je suis toujours sorti vainqueur de la première loi du code des bandits. Cinq fois, en fait.

— La roue tourne, et l'ancien cède la place au nouveau. C'est inévitable.

Un instant, ils se toisèrent en silence, mâchoire serrée. Seulement, pour la première fois, Pablo ne baissa pas les yeux.

— Comme tu voudras, jeune imbécile. Ton destin est désormais scellé.

1. « Le Droit du Sang » en espagnol (NdlA).

Il s'éclaircit la gorge et lança à la cantonade :

— Oyez, oyez, tas de crapules et de bons à rien ! Je réclame toute votre attention.

13

LA LEY DEL SANGRE

D'un seul coup, tout le monde s'arrêta de parler et les regards convergèrent vers le balcon. Sceles poursuivit.

— « Deux hommes, deux armes, un combat, un vainqueur »… Cela vous dit quelque chose ?

Les hommes, enthousiastes, hurlèrent et applaudirent à tout rompre. L'Araignée leva les bras pour les faire taire.

— Une fois encore, la Ley del Sangre a été invoquée et, une fois encore, j'ai choisi de répondre présent.

Cette fois, l'homme qui a eu la bêtise de me défier n'est pas un nouveau venu. Non, mes braves. Celui-là, vous le connaissez bien.

Les bandits se dévisagèrent soudain avec méfiance. Qui ? Qui avait eu l'audace de revendiquer la couronne ? Quel traître s'était retourné contre ses frères et contre leur autorité suprême ?

Lassé des effets de manche de Sceles, Pablo prit la parole.

— C'est moi qui ai réclamé le droit du sang. Je suis fatigué, mes frères. Les meurtres gratuits, les pillages, les familles brisées... Ce n'est pas ce à quoi j'aspirais quand j'ai rejoint la bande.

» Moi, j'avais des rêves de justice plein la tête. J'avais la naïveté de croire que seuls les représentants corrompus de notre pays auraient à nous craindre, et que les petites gens à qui nous redistribuerions l'argent dérobé au gouvernement deviendraient nos alliés.

» Les bandits bien-aimés, voilà comment on nous aurait appelés. Malheureusement, au bout de toutes ces années, cela n'est resté qu'un rêve. Le monde entier nous déteste. Je souhaite que cela cesse. Et pour ça, je dois affronter celui qui est à la racine de ce mal.

La foule tourna son regard vers l'Araignée qui, ne portant pas le moindre intérêt à son discours, était maintenant occupé à se recoiffer avec son peigne.

— Que voulez-vous que je vous dise ? Le nigaud est amoureux. Si vous lui colliez des feuilles de palmier dans le dos, il penserait qu'il peut voler.

Les hommes hurlèrent de rire et Pablo, comprenant qu'il ne conquerrait pas ses comparses en parlant avec son cœur, pivota vers son supérieur.

— Prends ton épée et battons-nous. La mort sera notre juge.

— Enfin une parole sensée ! acquiesça Loxo avant de crier : Esteban ! Mi espada, por favor[1] !

Un petit garçon traversa la foule et monta les marches avec la rapière noir et argent de son maître, qu'il lui tendit en tremblant.

1. « Mon épée, s'il te plaît ! » en espagnol (NdlA).

— Esteban est mon nouveau « toi », sourit Sceles. Il a dix ans et c'est le fils d'un fermier d'Esperanza. Il va rejoindre le groupe et mener la grande vie avec nous. Je ferai de lui l'homme que tu ne seras jamais.

Le gamin s'inclina et redescendit rapidement l'escalier, manifestement désireux de s'éloigner au plus vite du bandit. Pablo déposa lentement le pistolet à percussion sur la rambarde du balcon et tira sa propre épée de son fourreau.

— Tu corromps tout ce que tu touches depuis trop longtemps, souffla-t-il. En garde, l'Araignée ! Je vais trancher tes fils et déchirer ta toile une fois pour toutes.

— Pour cela, il faudra d'abord réussir à m'atteindre, chico[1] !

Les deux adversaires portèrent leur lame à leur visage puis fendirent l'air de leurs épées avant de croiser le fer, main levée derrière eux. En bas, les hommes applaudirent, crièrent, sifflèrent. Corazón,

1. « Garçon » en espagnol (NdlA).

qui serrait toujours son poignet blessé dans sa main gauche, recula de quelques pas, le cœur battant. Elle était consciente que de l'issue de cet affrontement dépendrait sa vie... ou sa mort.

Le combat commença. L'Araignée se jeta avec sauvagerie sur Pablo, cognant brutalement la lame de son adversaire pour la dévier et attaquer sa cible. De son côté, Pablo avait opté pour une autre technique à base d'esquives, dc parades et de contre-attaques. Si ses coups étaient moins puissants, ils étaient aussi plus réfléchis, donc plus précis. En moins d'une minute, la chemise de Sceles fut lacérée, son torse et ses bras zébrés de nombreuses petites entailles.

Cela aiguillonna l'Araignée. Tournoyant sur lui-même comme une tornade, il visa la gorge de Pablo avec sa rapière en même temps qu'il tira une seconde dague dissimulée dans son dos, sous sa chemise. Et quand Pablo para son coup d'épée, il en profita pour le frapper au flanc avec cette deuxième arme.

Surpris, son élève fit un bond en arrière et se jucha sur la balustrade. Il porta la main à son côté gauche et la ramena rougie de son sang. L'Araignée s'esclaffa.

— Tu faiblis déjà, danseuse ? Bats-toi comme un homme et tu auras peut-être une chance de me vaincre.

Pablo essuya le sang sur sa chemise et souffla :

— Tu parles de se battre comme un homme, et toi, tu m'attaques en traître. Tu devrais avoir honte... tramposo[1] !

Loxo serra la mâchoire. Comment ce jeune coq osait-il le calomnier ? Avisant le pistolet posé sur le garde-corps, il tenta de s'en saisir pour faire taire l'insolent. Mais Pablo, toujours perché sur le garde-corps, donna un grand coup de talon vers l'arrière, envoyant l'arme à feu à l'étage inférieur.

— C'est bien ce que je disais... « tramposo » ! insista le garçon.

Fou de colère, Sceles effectua des moulinets désordonnés avec son épée pour faire descendre Pablo de

1. « Tricheur » en espagnol (NdlA).

son perchoir. Celui-ci vacilla, tituba, glissa... et finalement tomba, disparaissant de son champ de vision. Malgré elle, Corazón poussa un cri. L'Araignée se tourna vers elle, triomphant.

— Ay ! On dirait que ton amoureux va avoir du mal à reprendre le combat, après une chute comme celle-ci.

— Ne crie pas victoire trop vite, jefe ! Je m'échauffe à peine.

L'Araignée se retourna et découvrit son adversaire suspendu au lustre en cristal. Quelques bandits rirent, saluant la prouesse. Leur chef se rua sur la balustrade et se pencha sur la pointe des pieds au-dessus du vide, donnant de grands coups d'épée pour essayer de toucher Pablo. Sans succès.

Le jeune homme se balança avec le lustre, une fois, deux fois, trois, et au moment où il se décrochait du plafond, il se jeta de l'autre côté de la salle, rapière en avant, contre l'une des tentures encadrant la porte d'entrée. La lame déchira le tissu et lui permit de descendre sans dommages.

Il s'inclina face à la foule et, cette fois, récolta même quelques applaudissements. L'Araignée dévala les marches quatre à quatre pour le rejoindre.

— Tu en as mis, du temps ! sourit Pablo, qui paraissait plus assuré. Tu ne commencerais pas à te faire un peu vieux... papá ?

Éclat de rire général. Sceles, les yeux injectés de sang, lui administra un coup d'épée si puissant qu'il en ébrécha la lame de son adversaire.

— Tu ferais mieux d'arrêter de cabotiner et de te préparer pour ta prochaine existence ! vociféra-t-il. Le souffle de la Santa Muerte[1] est sur ta nuque, jeune imbécile.

Sur ce, il reprit ses attaques avec une telle rage que Pablo fut contraint de reculer. Ils quittèrent la salle principale et remontèrent le corridor vers

1. La Sainte Mort. Contrairement à nous, dans la culture mexicaine, elle n'est pas forcément mauvaise et parfois même associée à la guérison ou la protection. Elle n'est qu'une étape, un passage vers d'autres mondes (NdlA).

la porte d'entrée, le reste des hommes sur leurs talons.

Quand ils arrivèrent à la porte, Pablo se retrouva coincé. À tâtons, il chercha derrière lui le moyen de sauver sa peau. L'épée de Sceles frappa une première fois, suivie par la dague… Pablo, qui esquivait les coups comme il le pouvait, écopa tout de même d'une profonde entaille à l'épaule. Dans la pénombre, les yeux de l'Araignée luisaient d'une joie mauvaise.

Il asséna un troisième coup mais, cette fois, ne rencontra que le vide. Pablo, qui avait enfin mis la main sur la poignée, avait ouvert la porte et bondi dans le jardin. Il se tenait désormais à quelques mètres, encadré par les torches qui jalonnaient l'allée.

— Il faisait trop chaud, là-dedans, haleta-t-il, à bout de souffle. Un peu d'air frais nous fera le plus grand bien.

— Tu ne pourras pas fuir éternellement, petit lapin peureux, gronda le bandit.

Il le rejoignit, pressé d'en finir. Ce garnement lui donnait plus de fil à retordre que prévu et, même s'il ne le montrait pas, il commençait lui aussi à fatiguer. À nouveau, la nuit résonna du choc métallique de leurs rapières, tandis que les hommes, parmi lesquels se trouvait Corazón, se rassemblaient autour d'eux.

Elle entendit deux crapules murmurer que l'affrontement ne durerait plus très longtemps. Que pouvait Pablo contre les coups d'un Loxo plus grand, plus fort, et surtout plus technique que lui ?

Et soudain, après quelques minutes d'un combat acharné, le destin d'un homme fut scellé. Alors que Pablo parait une énième frappe de l'Araignée, il décida, contre toute attente, d'absorber son attaque plutôt que de l'encaisser. Décrivant un large arc de cercle avec son épée, il coinça la lame de Sceles contre sa propre garde et recula d'un pas avant de tirer l'arme de son ennemi d'un coup sec. Loxo, projeté en avant, fut contraint de lâcher sa prise durant une seconde. C'est ce qu'attendait Pablo.

Le jeune homme effectua une nouvelle rotation rapide du poignet en sens inverse... et arracha des mains de l'Araignée son épée, qui décolla à plusieurs mètres du sol. Les hommes lancèrent un « oooh » de stupéfaction, impressionnés par ce coup de maître. Malgré lui, Pablo leva lui aussi les yeux vers la lame qui tourbillonnait dans les airs ; il en oublia que le combat n'était pas terminé. Quand il reporta son attention sur le bandit, il était trop tard.

Le poignard de l'Araignée s'abattit sur son avant-bras, qu'il traversa de part en part. Pablo poussa un cri et lâcha son épée. D'un grand coup de talon dans le plexus, Sceles le projeta au sol et se jeta sur lui, genoux en avant.

Horrifiée, Corazón fit un pas vers eux, mais les malfrats qui l'entouraient l'empêchèrent d'aller plus loin. Personne ne devait intervenir quand la Ley del Sangre était invoquée.

— Je t'avais prévenu, siffla l'Araignée, les cheveux devant les yeux. Tu n'as rien voulu savoir. Et maintenant, tu vas mourir. Quel gâchis ! Adieu, Pablito.

La dague se leva dans la nuit, prête à mordre une fois encore. L'éclat de la torche qui brûlait au-dessus d'eux dans le porte-flambeau fit briller la lame.

— Tu sais, dit Pablo avec un sourire douloureux, j'ai toujours pensé que tes cheveux étaient ton point faible. Apparemment, j'avais raison...

— Quoi !?

Du bout de sa botte, Pablo crocheta le flambeau et le ramena vers eux d'un coup sec. Un instant, la torche vacilla sur son pied... avant de basculer sur la tête de Loxo Sceles. Instantanément, la chevelure huileuse du bandit prit feu. Il se redressa en criant et tenta d'étouffer les flammes en se frappant le crâne.

Peine perdue. Après ses cheveux, ce furent ses épaules, son dos, sa poitrine qui s'embrasèrent. En seulement quelques secondes, le corps de l'Araignée était devenu un véritable soleil de minuit. Il hurla, tournoyant en tous sens à la recherche d'une aide qui ne viendrait jamais. Car autour de lui, personne ne bougeait. La Ley del Sangre, toujours...

Au bout d'une éternité, il cessa de lutter et s'effondra sur lui-même. Quand les flammes s'éteignirent, il ne restait plus rien de lui, hormis un fin couteau d'argent au manche de corne gisant sur le gravier et des vapeurs de rose qui embaumaient l'atmosphère.

Lentement, Pablo se remit debout, plus mort que vif. Un instant, il parcourut la foule du regard, semblant chercher quelqu'un. Puis ses yeux croisèrent ceux de Corazón et il lui sourit.

— Señores, dit-il d'une voix forte, me voilà votre jefe, désormais. En tant que tel, ma première décision sera… de dissoudre ce groupe. Allez, partez d'ici.

14

LE PHILTRE DE VÉRITÉ

Les hommes se regardèrent, ne sachant comment réagir. Pablo décida de leur donner un coup de pouce. Il puisa dans ses dernières forces et hurla :

— VOUS NE M'AVEZ PAS ENTENDU ? PARTEZ TOUS ! C'EST UN ORDRE.

Il n'en fallut pas plus pour disperser la petite foule. Bientôt, il ne resta plus que Corazón.

— Vous croyez qu'ils vous obéiront ? demanda-t-elle, inquiète.

— Je ne me fais aucune illusion : ce sont des voleurs. Leur raison de vivre est le pillage. Tôt ou tard, ils reprendront leur activité, avec ou sans jefe. Mais s'ils ont le malheur de revenir à Esperanza, ils me trouveront sur leur route. J'en ai fini avec cette vie-là. Désormais, je veillerai sur la ville. Ce sera ma façon à moi de racheter mes erreurs passées. Maintenant, assez parlé. Il faut s'occuper de votre poignet.

— Et de votre bras, ajouta Cora en désignant la plaie de Pablo, là où l'avait frappé la dague de son ennemi. Cependant, je dois d'abord vous dire quelque chose. Vous ne l'avez peut-être pas réalisé, mais nous nous sommes déjà rencontrés, vous et moi.

Pablo fronça les sourcils.

— Je n'étais qu'une petite fille, à l'époque ; nous nous étions cachées sous une malle, avec ma sœur. Vous nous avez permis d'échapper à la mort.

La bouche de l'homme s'arrondit de surprise. Évidemment, il ne l'avait pas reconnue. Il faut dire qu'aujourd'hui, elle n'avait plus grand-chose en commun avec la fillette blessée au visage... à part son cœur pur.

— Et ce soir, poursuivit-elle, vous avez récidivé en l'empêchant de me tuer. Ce qui fait de moi, par deux fois, votre débitrice. Je vous remercie, señor.

Elle se baissa pour lui faire la révérence, mais Pablo la fit se redresser.

— Vous ne me devrez jamais quoi que ce soit. C'est vous qui m'avez donné la force de briser les liens qui m'enchaînaient à l'Araignée. Sans vous, je vivrais toujours dans l'ombre de ce monstre.

Il inclina la tête avec gratitude et lui sourit. Cora détourna le regard, un peu troublée. Il se passait quelque chose entre ces deux-là, c'était indéniable. Cependant, le temps n'était pas encore aux sentiments. Non, mes amis, à Esperanza, le temps était désormais... à la libertad !

Dans les heures qui suivirent la mort de Loxo Sceles, Corazón et Pablo, après avoir délivré les jeunes filles des prisons de Santa Rosa, annoncèrent sur la place du village que les habitants ne seraient plus jamais traités comme des esclaves ni obligés de travailler pour les brigands. Les derniers malfrats qui rechignaient à exécuter l'ordre de Pablo furent immédiatement chassés.

En revanche, on proposa à Carlos une place d'amuseur public, offre qu'il déclina avant de remballer ses affaires et de retourner chez lui au triple galop, bien décidé à ne plus jamais remettre les pieds dans ces contrées arriérées. Dommage ! Les enfants auraient adoré lui jeter des tomates pourries.

Durant une journée entière, les cloches de l'église sonnèrent. Une grande fête fut organisée pour fêter la renaissance d'Esperanza, au cours de laquelle les deux jeunes gens qui avaient permis la victoire furent portés aux nues, félicités, embrassés, secoués en tous sens. Un vrai plaisir pour Corazón, qui, de sa vie, n'avait connu que moqueries et humiliations.

Cela, évidemment, ne fut rien à côté du bonheur qu'elle ressentit en retrouvant sa cadette. À peine la clé avait-elle tourné dans la serrure de sa geôle qu'elle lui sauta dans les bras et la couvrit de baisers. Et quand Belleza, d'un air pincé, évoqua sa brutale disparition, elle se répandit en excuses, expliquant que cela avait été un mal nécessaire, et qu'elle jurait de tout faire pour se rattraper.

Bon, et son visage, alors ? Que s'était-il passé ? Sur ce sujet, Corazón resta mystérieuse, déclarant que là-haut, dans les montagnes, un miracle s'était produit. Cela n'apaisa pas la curiosité de Bella mais, puisque sa sœur n'avait pas l'air de vouloir en dire plus, elle n'insista pas.

À présent, elle était libre. Elle allait pouvoir se laver, se coiffer, enfiler des vêtements propres, bref, retrouver cette beauté qu'elle avait crue perdue à jamais. Bientôt, les hommes seraient à nouveau à ses pieds. Décidément, la prison n'avait rien appris à Belleza, qui était toujours aussi vaniteuse et égocentrique que par le passé. Et, malheureusement, cela n'allait pas s'arranger.

Les semaines passèrent et, peu à peu, la vie reprit son cours. Pour être bien vu de tous, Don Domingo proposa à Corazón un poste plus confortable de superviseuse au sein de son hacienda, que Cora refusa. Grâce à la cassette offerte par Abuelita, elle avait désormais assez d'argent pour vivre la vie dont elle avait toujours rêvé ; une existence simple, où elle cultiverait paisiblement son propre lopin de terre et élèverait des poules derrière chez elle.

Et puis, il y avait Pablo. Le jeune homme s'était installé dans une maison en ruines qu'il avait rebâtie de ses mains, et il venait la voir chaque jour pour de longues balades à l'abri des regards.

Bella s'aperçut de cela : la richesse, le bonheur, l'amour... Elle n'était pas en reste, car sa sœur se montrait très généreuse avec elle, comme elle l'avait toujours été. Bien sûr, ça ne lui suffisait pas. Elle voulait davantage ; elle *méritait* davantage.

Ce n'était pas tout : autrefois, les hommes se retournaient sur son passage ; à présent, c'était Cora qui avait leurs faveurs. Elle était invisible et elle détestait ça. La jalousie commença à la ronger. La nuit, le jour, elle ne pensait plus qu'à ça : comment faire pour que les choses redeviennent comme avant, quand sa sœur était moche comme un pou et se cachait derrière elle ?

À force de tourner en rond dans sa chambre, sa jalousie se transforma en rancœur, puis en haine. Corazón n'avait aucun droit d'être heureuse. Elle l'avait abandonnée pour partir à l'aventure et, si l'Araignée et ses hommes n'avaient pas débarqué au village, elle aurait sans doute fini par mendier sur la place pour pouvoir s'acheter quelque épi de maïs moisi, incapable de faire quoi que ce soit de ses dix doigts.

Oui, sa sœur méritait de souffrir, de souffrir mille maux. C'est ainsi que Belleza décida de passer à la vitesse supérieure.

Un jour que Pablo était à la chasse, il entendit des cris provenant de la rivière. Alarmé, il approcha et aperçut quelqu'un qui faisait de grands moulinets dans l'eau, semblant se noyer. Ni une ni deux, il ôta chausses et chemise et plongea. En arrivant à sa hauteur, il réalisa que c'était Belleza.

Sans réfléchir, il la souleva dans ses bras et la ramena sur la berge. Ses habits étaient trempés et, malgré la chaleur, elle frissonnait, les yeux dans le vague. Doucement, il la secoua pour tenter de lui faire reprendre ses esprits.

— Bella ! Que s'est-il passé ?

Elle toussa et recracha un peu d'eau avant de lui répondre.

— Un scorpion... J'étais occupée à puiser de l'eau dans la rivière quand il m'a piquée. Mes muscles se sont raidis, je suis tombée et j'ai été emportée par le courant. Si vous n'aviez pas été là, je n'ose imaginer comment cela aurait fini. Vous êtes mon sauveur.

Et, sans plus attendre, elle le saisit par le col et l'embrassa avec fougue. Surpris, Pablo ne réagit pas tout de suite. Bella pensa que c'était gagné, qu'elle allait enfin avoir pour elle le jeune homme le plus séduisant du village et que sa sœur n'aurait plus que ses yeux pour pleurer.

Malheureusement, Pablo la repoussa brutalement et elle tomba sur les fesses dans la glaise. Après quoi il se releva et recula.

— Non, Belleza... Je ne sais pas quels sentiments vous nourrissez pour moi, toutefois ce n'est pas réciproque. Je suis amoureux de votre sœur.

— Oh, allons, réveillez-vous ! cria Bella, vexée d'avoir été éconduite. On ne peut pas aimer El Cuca. J'ignore comment elle a fait pour avoir ce visage, ce n'est qu'une illusion qui, un jour, finira par disparaître. Moi, en revanche, je suis bien réelle.

— Taisez-vous ! explosa Pablo, furieux. Vous êtes une femme méchante, Belleza. Par égard pour votre sœur, je ne raconterai pas ce qui vient de se passer. Mais je vous préviens : ne tentez plus rien pour lui nuire, sans quoi il vous en cuira.

Il fit volte-face et abandonna Bella, le postérieur dans la boue, humiliée. Qu'avait-elle cru ? Qu'elle pourrait séduire cet homme avec un stratagème aussi grossier ? Elle devait arrêter de se voiler la face : aujourd'hui, Cora était plus belle qu'elle et, tant qu'elle n'aurait pas réussi à percer son secret, elle ne gagnerait pas. Elle devait absolument trouver un moyen de la faire parler.

Saisie d'une brusque illumination, Belleza releva la tête. Le vieil apothicaire d'Esperanza ! Il pourrait l'aider, si elle y mettait le prix. Fort bien. Sa sœur était riche ; la prochaine fois qu'elle lui emprunterait de l'argent, elle la supplierait de lui accorder un surplus. Corazón accepterait, évidemment, sans se douter qu'en faisant cela, elle œuvrerait à sa propre destruction. Bella sourit. Non, tout n'était pas encore perdu.

— À ton bonheur, ma chère sœur ! Qu'il dure toujours !

Belleza leva son verre d'agua fresca[1] citronnée, et Corazón fit de même avec le sien, parfumé à l'orange. Elle jeta ensuite un regard émerveillé à la grande salle du restaurant, le meilleur de la ville,

1. Boisson typiquement mexicaine réalisée à partir de différents fruits dilués dans de l'eau (NdlA).

disait-on, où sa petite sœur avait choisi de l'emmener dîner.

— Merci pour cette gentille invitation, dit-elle. Je suis heureuse de te voir enfin épanouie, tu sais. Ces derniers temps, je te trouvais tellement sombre... J'avais l'impression que tu m'en voulais, sans savoir pourquoi.

— Oh, tu me connais, j'ai le sang chaud. Depuis toujours, je tiens plus de papá Héctor et toi de mamá María. Mais j'ai réfléchi et je me suis dit qu'il fallait que je cesse d'être en colère. Notre vie est sans nuages, à présent, n'est-ce pas ?

— C'est vrai. Alors buvons : à la famille et à l'ouverture des cœurs !

Elle fit tinter les verres et Bella descendit le sien d'un trait avant de pousser Corazón à l'imiter. Sa sœur obéit en riant. En attendant leur assiette de tapas, elles discutèrent de choses et d'autres : de la vie, de leurs projets...

Cora avait les yeux qui pétillaient. Elle semblait euphorique, légèrement ivre, et elle parlait beaucoup, trop même, comme si elle n'arrivait plus à contrôler le flot ininterrompu qui jaillissait de sa bouche. Belleza sourit. Le moment était venu ; le philtre de vérité de l'apothicaire qu'elle avait versé dans son verre agissait enfin.

Sans en avoir l'air, la cadette dévia la conversation et évoqua sa relation avec Pablo, qu'elle n'aurait jamais pu avoir à l'époque où son visage était cabossé. Comment avait-elle fait pour devenir si belle ? Oh, allons, elle pouvait bien lui révéler son secret, à elle, sa sœur. Promis, juré, elle ne dirait rien à personne.

Cora eut un petit sourire en coin et, sous l'effet de la potion, elle lui avoua tout. Son errance dans les montagnes del Carmen, les coyotes, la chute… et, bien sûr, Abuelita. En moins d'une heure, elle avait mis Bella au courant des choses incroyables qu'elle avait vécues durant cette année d'absence.

La cadette n'en revenait pas. Peut-être sa sœur avait-elle fini par perdre la raison, là-haut, où l'air se faisait rare. Tout cela était tellement grotesque… Seulement, elle était sous l'emprise du philtre ; et le philtre ne mentait jamais. Elle lui demanda où elle pouvait trouver ces fameuses grottes pour en avoir le cœur net.

Cora se mordit les lèvres, sentant au fond d'elle-même qu'elle était sur une pente glissante. Durant le repas, sa sœur ne cessa de revenir à la charge et au dessert, épuisée, Cora craqua et lui indiqua le chemin de la montagne.

Belleza la remercia, se pencha vers sa sœur et lui murmura à l'oreille qu'il se faisait tard. Les yeux de Corazón papillonnèrent. En effet, elle était fatiguée, elle ferait mieux de se reposer... Le front contre le plat de la table, elle s'endormit presque instantanément.

Une heure plus tard, elle fut réveillée par le garçon de salle qui lui annonça qu'ils fermaient. Quand elle demanda où était sa sœur, l'employé lui dit qu'elle était partie une heure plus tôt, en précisant que c'était Corazón qui réglerait la note.

Cora paya puis retourna chez elle, étreinte par l'angoisse. Elle se souvenait de tout ce qu'elle avait raconté. Qu'est-ce qui lui avait pris ? Sur la table, bien en évidence, se trouvait le flacon vide du philtre de vérité avec un mot, laconique, de Bella : « *À mon tour.* »

Cora comprit que sa cadette s'était jouée d'elle et que cette soirée n'avait été qu'une vaste comédie. Le cœur en morceaux, assise toute seule dans sa cuisine, elle pleura en silence jusqu'au matin.

15

LE NAHUAL

Pendant une longue, très longue minute, Belleza fixa la casserole sale qui avait servi à chauffer le champurrado. Cette maudite casserole qu'elle avait passé vingt minutes à récurer, sans succès. Et dire qu'il en restait encore une dizaine...

Prise d'une impulsion subite, elle la balança contre la pile de vaisselle qui s'accumulait sur la table. Assiettes, plats et verres s'effondrèrent dans un vacarme de tous les diables qui résonna à travers la montagne. Depuis le grand salon lui parvint la voix d'Abuelita.

— Est-ce que tout va bien, mi hija ?

— Oui, madame. J'ai juste fait tomber deux ou trois choses. Rien de grave.

— Tant mieux, alors. Mais dépêche-toi. Il faut commencer à préparer le dîner de ce soir. Je meurs de faim. Et surtout, relève le plat avec davantage de sel et d'épices. La dernière fois, c'était un peu trop fade.

Bella leva les yeux au ciel. Deux semaines… Cela ne faisait que deux semaines qu'elle avait échoué dans ce trou sans lumière qui sentait le moisi, et elle avait déjà envie de s'enfuir. Comment Cora avait-elle fait pour endurer ce supplice une année entière ? Elle était folle.

Tout avait pourtant bien débuté. Après avoir marché un temps dans les montagnes, Belleza avait fini par repérer l'arche avec la lune et le soleil. Elle s'était ensuite fait connaître de l'occupante des lieux, une grand-mère à capuche aveugle et toute fripée qui avait été très surprise de la trouver sur le pas de sa porte.

Bella s'était fait passer pour une ouvrière qui parcourait le pays à la recherche d'un emploi payé une pièce d'argent la journée. Peu importait son corps gracile et ses mains délicates ! Elle aurait pu lui dire qu'elle dressait les taureaux à coups de poing ; la vieille Nahua, à cause de sa cécité, n'y aurait vu que du feu.

Face à sa proposition, Abuelita, qui devait se sentir bien démunie depuis le départ de sa sœur, ne put qu'accepter. Tout sourire, elle l'invita à entrer pour lui faire visiter ses cavernes. En arrivant devant la Porte du Destin, Bella dut se faire violence pour ne pas se jeter dessus et tenter de l'ouvrir. « Un an, Bella ! tenta-t-elle de se calmer. Rien qu'un an, et ensuite, le monde t'appartiendra. Patience ! »

Belleza dit à la vieille tout ce qu'elle voulait entendre sur le fait de ne jamais s'en approcher, de garder soigneusement ses distances, bla bla bla, puis elle alla se coucher dans sa chambre minuscule avec son sommier inconfortable et ses couvertures miteuses. Le lendemain, elle s'attela à sa tâche... et son calvaire commença.

La poussière balayée le jour d'avant était deux fois plus conséquente le lendemain, elle était incapable de faire le moindre point de couture correct, en cuisine, c'était une calamité, quant à la vaisselle, il y en avait trop, et ça abîmait ses mains. Une ermite décrépite ne pouvait donc pas se contenter d'une cuillère en bois et d'une écuelle ? Pourquoi avait-elle besoin d'autant de choses ?

Les jours de torture passèrent. Un... deux... trois... quatre... Si pour Corazón, le temps avait filé, pour Belleza, il lui paraissait une éternité. Au bout d'à peine cinq jours, elle craqua. La nuit venue, elle quitta sa chambre et se rendit à la Porte du Destin. Là, elle fit tout pour l'ouvrir : elle poussa, tira, lança des coups de pied, et essaya même de faire levier avec son balai. Rien n'y fit : la grande porte ronde ne bougea pas d'un millimètre.

En soupirant, elle retourna au lit en se disant qu'elle retenterait le lendemain. Mais les jours suivants ne donnèrent rien non plus et, en désespoir de cause, elle se résigna à attendre le terme de son contrat et la récompense qui irait avec.

Tandis qu'elle se penchait pour réparer les dégâts dus à son lancer de casserole, son esprit retors, qui, lui, ne s'épuisait jamais, lui souffla une nouvelle idée. Après tout, la vieille y voyait moins qu'une taupe ; elle pouvait bien faire ce qu'elle voulait, non ?

Bella prit son balai et repoussa les débris dans un angle de la pièce. C'était quand même plus facile que de s'échiner à tout nettoyer... Bella abandonna ce qui restait de vaisselle sale et s'attaqua au dîner, la seule chose pour laquelle elle ne pourrait bluffer la vieille.

Deux semaines passèrent encore. Belleza faisait beaucoup de bruit, déplaçait les casseroles, faisait crisser le crin du balai sur le sol quand, en vérité, elle ne fichait rien. La poussière s'accumulait dans les coins, la cuisine était si crasseuse qu'elle attirait rats et cafards et les vêtements d'Abuelita étaient en si piteux état qu'ils auraient pu servir de serpillière.

Mais quand la grand-mère en faisait la remarque à Bella, celle-ci répondait qu'elle les avait reprisés à la mode mexicaine et qu'elle devrait être ravie d'avoir des robes et des chemises que tout le monde s'arrachait en ville.

Ensuite, elle levait son bol pour demander davantage de champurrado, parce qu'elle avait besoin de sucre avant de repartir au travail. Abuelita s'exécutait tout en se disant que sa vie se résumait désormais à faire du chocolat chaud pour sa femme de ménage.

Un matin, juste avant l'aube, la vieille Indienne vint frapper à la porte de Bella. Encore ensommeillée, celle-ci sortit de son lit en râlant ; son service ne reprenait pas avant au moins deux heures. Mais lorsqu'elle lui ouvrit, elle eut la surprise de trouver dans ses mains crochues un très joli coffret auréolé d'une brume d'argent.

— Voici ta paye, mi hija ! déclara-t-elle. Pour un an de service. Son contenu sera à la hauteur de la tâche accomplie. Comme convenu, tu peux t'en aller.

Belleza se frotta les yeux, incrédule. Un an !? Cela faisait déjà un an qu'elle travaillait ici ? Comme elle avait eu raison de changer sa manière de faire : les mois avaient finalement passé à une vitesse vertigineuse.

Tout excitée, elle arracha la cassette des mains d'Abuelita et la rangea dans son sac. Elle s'y intéresserait plus tard. Pour le moment, elle voulait autre chose. Elle revint à la porte, où la vieille se dandinait d'un pied sur l'autre, visiblement impatiente qu'elle s'en aille.

— Et c'est tout ? demanda Bella. Je crois quand même que je mérite un supplément pour le mal que je me suis donné.

— Tiens donc, fit la grand-mère en plissant les yeux, et sa capuche s'agita alors qu'un étrange sifflement s'élevait dans l'air. Et que mérites-tu, selon toi ?

Belleza se pencha vers elle et lui chuchota sur le ton de la confidence :

— Je me suis laissé dire que derrière la Porte du Destin se trouvait quelque chose de merveilleux. Je veux le voir. J'ai traversé la moitié du pays pour ça. Allez, s'il vous plaît, grand-mère...

Elle avait pris sa petite voix enjôleuse à laquelle nul ne résistait et saisit ses mains dans les siennes. Abuelita réfléchit, puis lui fit son plus beau sourire édenté.

— Tu as raison. Suis-moi et prépare-toi car, ce que tu vas voir maintenant, peu d'hommes et de femmes en ont été témoins ; pas même la dernière intendante que j'ai eue à mon service et qui, pourtant, était une personne en or.

Le cœur de Belleza battit plus fort. Si même Corazón n'y avait pas eu droit, la récompense promettait d'être exceptionnelle.

Elles retournèrent à la porte et, comme la fois précédente, la vieille posa ses mains dessus, l'ouvrant avec une facilité déconcertante. La pierre roula sur le côté et Bella découvrit à son tour le *dz'onot.* Elle ne perdit pas de temps à l'admirer, trop excitée par le lac qui lui tendait les bras. Elle gravit les marches du promontoire et, sûre de ce qui l'attendait en bas, elle se jeta dans l'onde pure en criant de joie.

Elle traversa ainsi le miroir liquide et se retrouva de l'autre côté, dans le vide bleu-vert de l'abysse. Comme sa sœur, elle tomba vers le rai de lumière, loin en contrebas. Elle tomba... mais ne ralentit pas. En une seconde, sa belle assurance s'envola. Dios, elle allait s'écraser ! Elle allait...

Sa chute fut stoppée juste avant qu'elle s'aplatisse comme une tortilla. Elle s'écorcha quand même les genoux, les coudes et le menton en roulant sur le sol de pierre rugueux. Quelle importance ? Dans la faille, elle entendait déjà les voix l'appeler. Au-dessus de son épaule, l'une d'elles chuchota :

— Ils viennent pour toi. Ils te veulent ; ils te veulent *tous !*

Belleza se retourna. Derrière elle, il n'y avait que les ténèbres. Elle leva les yeux vers le plafond qui clapotait et, au-delà, elle aperçut Abuelita qui agitait la main.

— Prépare-toi, mi hija. La magie va s'accomplir.

Au moment où elle disait cela, le sol commença à trembler, et de la faille lui parvinrent des gémissements. Bella se frotta les mains. Enfin, le moment était venu... Les voix s'intensifièrent, devinrent puissantes, très puissantes, lui écorchant les oreilles. Elle grimaça.

Soudain, un premier visage s'extirpa de la fissure en poussant un cri informe. Il était laid, les yeux globuleux, les narines dilatées, les joues creusées... « Choisis-moi ! » gronda-t-il.

— Tu peux toujours rêver, mon grand ! répondit Belleza, et le visage fit la moue, fort mécontent.

Une deuxième figure sortit de terre, grasse, avec des verrues poilues sur les joues et des sourcils aussi épais que des chenilles. Celle-là non plus, elle n'en voulait pas. « Choisis-moi ! » gargouilla le visage et, encore une fois, Bella secoua la tête. Vint ensuite un troisième, puis un quatrième, et soudain, les choses s'accélérèrent. Des centaines de faciès investirent la pièce, tournoyant autour de Belleza en hurlant : « Choisis-moi, choisis-moi, CHOISIS-MOI !!! »

Repoussant les visages qui s'agglutinaient autour d'elle comme des phalènes sur une lampe, Belleza cria de sa voix la plus forte :

— Abuelita ! Que se passe-t-il ? C'est une horreur, ils sont tous plus moches les uns que les autres. Aucun d'entre eux ne me plaît.

— Cela n'a pas d'importance, fit la grand-mère. Non, ce qui est *vraiment* important, ce n'est pas d'élire le visage que tu veux, mais celui qu'il te *faut.*

— Je ne suis pas d'accord ! Ce n'est pas comme ça que ça devait se passer. Sortez-moi de là, vieille sorcière !

Abuelita avait déjà quitté le rebord du promontoire, la laissant seule face à son destin. Belleza se sentit soulevée de terre par la nuée de visages. Le vrombissement des milliers de voix était insoutenable ; elle avait l'impression que son crâne allait exploser. Alors, au milieu du maelstrom, un visage lui apparut soudain, calme et souriant. « Te voilà ! » dit-il.

Belleza secoua la tête. Non, non, pas celui-là. C'était de loin le plus laid. Néanmoins, inexorablement, les autres la poussèrent vers lui. Elle approcha, approcha de plus en plus, et tout à coup, ils ne firent plus qu'un. Les traits de la jolie fille se tordirent, ses yeux devinrent énormes, minuscules, son nez s'allongea, rétrécit, sa bouche perdit toutes ses dents avant d'en avoir cent...

Le pire, ce fut la douleur provoquée par cette transformation : jamais elle n'en avait connu d'aussi violente. Elle s'évanouit, et les voix se mélangèrent dans sa tête avant de disparaître pour de bon, comme tout ce qui se trouvait autour d'elle.

Une eau glacée lui éclaboussa le visage et Bella se redressa, choquée. Abuelita se tenait au-dessus d'elle, un seau vide entre les mains.

— Vous n'étiez pas oblizée de faire ça, protesta Belleza, juste avant de plaquer une main sur sa bouche, stupéfaite.

Oh non, non, non, pas ça ! Elle se releva et alla se mirer dans l'eau du cénote. Horreur ! Elle était méconnaissable, défigurée. Sa mâchoire était de travers, elle avait un gros trou au beau milieu de sa dentition parfaite, l'arête de son nez était tordue et une énorme bosse saillait de son front.

Elle se tourna vers la grand-mère.

— Qu'est-ce que c'est que ça ? s'écria-t-elle, furieuse. Ze suis monstrueuze !

— Tu es telle que tu aurais dû être si ta sœur ne t'avait pas protégée, ce jour-là. Elle a tout sacrifié pour toi, Belleza. Pourtant, tu n'as jamais fait preuve de la moindre gratitude à son égard. Il est temps que tu comprennes ce qu'elle a vécu pendant ces années. Jusqu'à ce que tu aies fait preuve d'une sincère repentance, tu resteras ainsi. Maintenant, pars. Je te libère de ton service.

Le sang de Bella bouillonna et elle fit un pas vers la grand-mère, les poings serrés. Elle était tellement obsédée par l'idée de retrouver sa beauté perdue qu'elle ne remarqua même pas que quelque chose clochait. Abuelita savait tout sur elle alors qu'elle ne lui avait jamais rien dit, même pas son nom...

— Ze vous ordonne de me rendre mon visaze ! s'écria-t-elle. Sinon...

Soudain, la tête de la vieille se mit à pivoter sur elle-même. Belleza se figea, le sang glacé.

— Sinon quoi ? gronda une voix rauque qui n'était pas celle d'Abuelita.

La tête tourna, tourna à cent quatre-vingts degrés, jusqu'à ce qu'elle révèle à la jeune fille un tout autre visage, qu'elle dissimulait derrière sa capuche : celui d'une bête fauve aux yeux jaunes luisants, au pelage blafard et à la gueule hérissée de crocs.

La chose déplia sa colonne vertébrale, déchirant sa robe grise. Elle faisait plus de deux mètres.

Ses grandes mains aux ongles acérés s'ouvrirent et saisirent Belleza par le col avant de la soulever de terre.

— Pensais-tu sincèrement que tu pourrais te jouer de moi, gamine ? Croyais-tu que je ne me rendrais compte de rien ? Depuis ces deux derniers mois – oui, tu as bien entendu, deux mois et pas un jour de plus –, tu n'as fait que me leurrer. Je n'aurais pu en supporter davantage. Mes yeux sont aveugles, mais mes yeux voient, car double est ma face.

» Je suis la Gardienne des Chemins, la Porte des Existences. Je suis le Nahual[1], protecteur du sacré et de l'infiniment grand. Je récompense ceux qui en sont dignes en leur offrant le passage vers un monde meilleur ; quant aux autres, je les châtie. Veux-tu être châtiée, Bella ? Veux-tu que j'arrache ta vilaine petite tête ?

Sa large gueule s'ouvrit et Belleza sentit l'haleine fétide de la bête tandis qu'elle s'avançait pour l'engloutir tout entière. Elle hurla, se débattit, mordit la longue main pâle qui la maintenait, et le Nahual la lâcha.

---

1. Créature mythologique à la double nature, humaine et animale. Tantôt bénéfique, tantôt maléfique, elle avait chez les Indiens d'Amérique du Sud la fonction de gardien des lieux sacrés (NdlA).

Ni une ni deux, elle s'enfuit de la pièce et fonça récupérer son sac. En sortant de sa chambre, elle regarda à droite, à gauche, et s'engagea dans le couloir. Elle n'avait pas fait la moitié du chemin vers l'entrée qu'elle entendit un râle quelques mètres derrière elle.

Tournant la tête, elle vit les yeux jaunes qui la fixaient depuis l'obscurité, et la rangée de dents effilées qui étincelaient... Prise de panique, Bella se mit à courir et le Nahual bondit à sa suite, les griffes de ses pattes raclant la pierre. Là, juste devant elle, le soleil du matin caressait la montagne de ses rayons.

Elle y croyait ; elle pouvait y arriver. La bête se rapprocha, elle sentit son souffle sur sa nuque et redoubla d'ardeur, cavalant plus vite qu'elle ne l'avait jamais fait.

Quand le monstre la saisit par l'ourlet de sa robe, elle se jeta à corps perdu à travers l'ouverture. La robe se déchira et la moitié du tissu demeura entre les pattes du Nahual, toutefois Belleza réussit à sortir.

Elle se retourna, redoutant que la chose jaillisse à son tour en pleine lumière. Mais non, bien sûr : les bêtes comme elle restaient terrées dans l'obscurité, et celle-ci ne faisait pas exception à la règle. Elle pouvait même distinguer sa grande carcasse qui faisait les cent pas à l'intérieur, vaincue.

— Vous auriez dû me dévorer quand vous en aviez l'occazion, s'esclaffa-t-elle. À présent, ze m'en vais refaire ma vie avec votre arzent tandis que vous continuerez à croupir dans votre caverne, seule, abandonnée de tous. Ha ha ha ! Z'ai gagné, grand-mère. Z'ai gagné.

Le Nahual poussa un hurlement enragé et Belleza s'en fut avant que la créature trouve la force d'affronter le jour naissant.

Alors qu'elle descendait le chemin, elle ne put résister à l'envie d'admirer son butin. Elle ouvrit la cassette.

À cet instant, un épais nuage de poussière jaillit de la boîte, s'insinuant dans ses poumons, ses yeux, son nez, tandis que des toiles d'araignées s'accrochaient à ses cheveux et que ses mains et son visage se couvraient d'une graisse aussi collante que le fond des marmites d'Abuelita.

Dégoûtée, elle jeta la cassette au sol et réalisa qu'elle ne contenait rien d'autre. Les paroles de la vieille lui revinrent en mémoire : « Son contenu sera à la hauteur de la tâche accomplie... » Elle regarda vers le sommet de la montagne et y aperçut l'ombre gigantesque qui se découpait dans la lumière du petit matin, perchée sur un rocher. Cette ombre riait, oh oui, elle riait à s'en tenir les côtes, satisfaite du tour qu'elle venait de lui jouer.

— Ze vous maudis ! cria Bella. Ze vous maudis à tout jamais.

Cependant, si quelqu'un avait été maudit ce jour-là, c'était bien elle. Les yeux larmoyants, reniflant, toussant, Belleza reprit sa route, se demandant ce qu'elle allait faire à présent qu'elle avait tout perdu.

16

DEUX SŒURS, ENFIN...

Il était dix heures ce matin-là quand les cloches de l'église d'Esperanza résonnèrent solennellement à travers le village. Dans l'enceinte de l'église, le jeune couple se tenait face au prêtre qui récitait les textes des saints sacrements du mariage, devant une foule venue si nombreuse que les portes de l'église avaient dû rester ouvertes.

Les gens voulaient voir s'épanouir le bonheur de l'homme et de la femme qui les avaient sauvés des griffes de l'Araignée : Pablo et Corazón, le premier, très élégant dans son costume noir cintré, et la seconde, resplendissante dans sa longue robe blanche à dentelles.

Pourtant, aussi heureuse fût-elle, Cora ne pouvait s'empêcher de regarder sur sa gauche, là où aurait dû se trouver sa sœur et où il n'y avait que le petit Esteban, qui avait accepté de la remplacer au pied levé comme témoin. Plusieurs fois, elle se tourna vers la porte, espérant que Belleza la franchisse en courant, essoufflée et confuse d'avoir failli manquer ce moment.

Les amoureux échangèrent leurs consentements, se confièrent leurs alliances et s'embrassèrent sans que sa sœur ait réapparu. Corazón en éprouva un pincement au cœur, mais tant pis. Aujourd'hui, elle était une femme comblée, et elle ne permettrait pas à sa sœur de gâcher son existence une fois de plus.

Elle se laissa aller dans les bras de son cher et tendre et le prêtre les déclara mari et femme sous les vivats de la foule.

Sous d'autres latitudes, Bella observait le soleil se lever en soupirant. Depuis qu'elle avait quitté la montagne, elle avait voyagé toujours plus loin au sud et elle avait atteint les jungles luxuriantes du Yucatán, où la population indienne avait été meurtrie par des siècles de colonisation espagnole.

Là-bas, pour la première fois, personne ne sembla juger son affreux physique, et elle demanda au prêtre de la mission locale si elle pouvait l'assister pour servir les repas et soigner les malades. L'homme accepta, tout en lui faisant remarquer qu'en vérité, ces gens avaient surtout besoin d'écoute et de compassion, car ils ne possédaient plus ni famille ni terre. Belleza acquiesça et s'exécuta, puisqu'elle n'avait plus nulle part où aller. Elle aussi avait tout perdu.

Au début, les histoires des Indiens l'agacèrent. Tant de plaintes, tant de pleurs... Quand elle rentrait le soir dans la petite hutte mise à sa disposition, elle se demandait si elle arriverait à supporter plus longtemps leurs jérémiades.

Mais plus les mois passaient, plus les récits des malheureux fissuraient sa carapace. Elle finit par les écouter, les écouter *réellement* ; certains devinrent même des amis. Et un soir qu'au coin du feu, un vieil homme lui racontait la perte de l'amour de sa vie, transpercée par la lance d'un esclavagiste alors qu'elle réclamait de l'eau pour les siens, Belleza fut brusquement renvoyée à sa propre histoire, au fond des geôles d'Esperanza.

Sa sœur était revenue pour la sauver d'un sort pire que la mort et, elle, comment l'avait-elle remerciée ? En essayant de lui voler celui qu'elle aimait et en la forçant à trahir sa promesse... Le monstre qu'elle était n'était pas celui qu'elle voyait chaque fois qu'elle se regardait dans le miroir ; c'était celui qui se terrait au fond d'elle.

Bella éclata en sanglots et ne parvint à s'arrêter que lorsque le prêtre intervint. Il la conduisit dans la minuscule chapelle en bois du camp pour lui demander ce qui n'allait pas. Là, elle craqua et lui raconta toute son aventure. Sans omettre aucun détail, elle ne fit pas d'elle un portrait très flatteur.

Le prêtre l'écouta sans rien dire, et quand elle eut terminé, il déclara :

— Il me semble que ton voyage est arrivé à son terme, Belleza.

— Que voulez-vous dire ?

— Tu n'es plus celle que tu étais. La petite fille capricieuse est devenue une jeune femme pleine de sagesse. Mais pour que ta métamorphose soit totale, il te reste encore une chose à accomplir. Tu sais de quoi je parle.

Belleza déglutit.

— Ze ne peux pas. Z'ai... z'ai trop honte.

— Il le faut. Sans quoi, ton passé te suivra toute ta vie.

Le prêtre se mit debout et lui tendit la main. Belleza avait peur. Elle était même plus terrifiée qu'elle ne l'avait jamais été. Pourtant, l'homme avait raison : il fallait le faire. Alors elle prit sa main... et elle se redressa.

Les deux coups à la porte furent timides, presque discrets, comme si la personne ne voulait pas se faire remarquer. Mais Pablo avait l'ouïe fine. Lors de ses nombreuses embuscades avec l'Araignée, il était toujours le premier à entendre le clopinement d'un sabot ou le pas d'un voyageur. Il se leva du siège où il somnolait et alla ouvrir.

Sur le seuil se tenait une fille voûtée avec des cheveux sales qui pendaient devant son visage. La malheureuse releva la tête et Pablo découvrit ses traits brisés. Il eut un sourire de compassion.

— Surtout, ne bougez pas d'ici, dit-il, se méprenant sur le but de sa visite. Je vais voir ce que nous pouvons vous donner.

Il l'abandonna un moment et partit à la recherche de sa bourse, quelque part dans la maison. Entre-temps, Corazón, qui était au jardin, rentra par la porte arrière, un panier rempli de haricots verts dans les bras. Elle aperçut la femme sur le seuil de sa demeure. Et malgré la crasse, malgré son visage, malgré tout, elle sut.

— B-Belleza...

— Ze suis désolée, souffla sa petite sœur. Souvent, z'ai voulu revenir, mais... ze ne pouvais pas. Ze t'ai fait tellement de mal, Cora… Ze me suis conduite comme une sale gosse égoïste, sans zamais réalizer ce que tu avais enduré pour moi. Pourras-tu me pardonner un zour ?

Corazón ne bougea pas. Elle aurait eu en effet toutes les raisons du monde de lui en vouloir. La vérité, c'est qu'elle en était incapable. Elle était sa grande sœur ; son rôle était de la protéger. Comment pouvait-elle le faire si elle n'était pas à ses côtés ? Elle lâcha le panier et se précipita sur sa cadette pour la serrer dans ses bras.

— Je t'ai pardonnée voilà longtemps déjà. J'ai eu si peur de ne plus te revoir… C'était comme une épine plantée dans mon cœur que je ne pouvais arracher. Bella… Tu m'as tant manquée… Ne t'éloigne plus jamais de moi. Je te l'interdis.

Belleza éclata en sanglots. Toute la douleur qu'elle portait en elle s'évacuait dans ses larmes. À son tour, elle étreignit sa sœur de toutes ses forces et enfouit son visage dans son tablier de jardinage.

Elles restèrent ainsi pendant plusieurs minutes, puis Corazón prit Belleza par la main et la conduisit dans la salle de séjour. Là, dans un coin, non loin de la cheminée, se trouvaient deux berceaux. L'aînée se pencha au-dessus et en ramena deux nourrissons profondément endormis, de magnifiques jumelles.

— Je te présente Sol et Luna, chuchota-t-elle. Ce sont tes nièces. Pendant toutes ces années, j'ai pris soin de toi. Que dirais-tu à présent de tenter l'expérience, toi aussi ? Le monde est plein de dangers et, avec une lionne comme toi à leurs côtés, je me sentirais plus rassurée.

Quand Belleza découvrit ces deux petits êtres souriant aux anges, son cœur déborda d'amour, un sentiment si puissant qu'elle crut qu'elle allait exploser.

— Merci, dit-elle, la voix tremblante. Merci pour tout, ma chère sœur.

Corazón lui tendit les bébés pour qu'elle les prenne à son tour dans ses bras, et Bella avança vers elle. Mais soudain, sa vision devint trouble. Levant ses mains à hauteur d'yeux, elle réalisa que celles-ci ondulaient, comme si elle les regardait à travers un voile d'eau. Quant à ses cheveux, ils flottaient autour de sa tête telle une couronne d'algues noires.

De son côté, Corazón pouvait voir les traits de sa sœur se brouiller, s'effacer puis réapparaître sous une forme différente. Contrairement à ce qui s'était passé au fond du puits sacré, cette fois il n'y eut ni cris ni douleurs, et c'est le plus naturellement du monde que les choses retrouvèrent leur aspect originel.

À la fin, la fille au visage sale et brisé et à la chevelure pleine de toiles d'araignées disparut, ne laissant que Belleza, débarrassée pour toujours du masque de la vanité. Et devinez quoi ? Cela la rendait plus belle qu'elle ne l'avait jamais été.

— Eh bien, ça y est, dit-elle. Cette fois, je suis revenue.

Cora lui confia les deux petits anges et l'embrassa sur les joues, très émue. Avisant son mari qui se tenait dans l'encadrement de la porte, bouche bée, elle lui fit signe de venir. Timidement, Pablo les serra toutes les quatre entre ses bras.

Les yeux fermés, sa femme soupira, au comble du bonheur. Papá et mamá pouvaient reposer en paix : au bout de tout ce temps, Corazón et Belleza avaient de nouveau une famille.

Quelque part, très loin, là-haut au sommet de la montagne, le Nahual, qui regardait décliner le soleil et croître la lune dans un ciel d'azur, poussa un long hurlement auquel firent écho ceux de dizaines de coyotes. D'un bond souple, il descendit du rocher sur lequel il était perché et franchit l'arche de pierre de son repaire.

Il remit sa capuche et, tandis qu'il s'éloignait dans l'obscurité, son corps rétrécit jusqu'à redevenir celui d'une vieille femme inoffensive… capable de bouleverser les cœurs et de changer les destinées.

L'auteur

Petit-fils de l'écrivain Marc Behm, Jeremy Behm a l'écriture dans la peau. Il porte son premier manuscrit à une maison d'édition dès l'âge de seize ans, persuadé qu'il fera un jour de l'écriture son métier. Pari réussi : il écrit aujourd'hui des thrillers pour adolescents, publiés aux éditions Syros, et des romans d'aventure pour les plus jeunes chez Casterman Jeunesse.

DÉJÀ EN LIBRAIRIE

Suspense, énigmes et action,
la plus extraordinaire légende du Japon !